Diogenes Taschenbuch 23150

Matthias Matussek

Rupert
oder
Die Kunst des
Verlierens

Diogenes

Die Erstausgabe
erschien 1996 im Diogenes Verlag
Umschlagfoto von
Ernst Hermann Ruth
(Ausschnitt)

*Für meinen Sohn
Markus*

Veröffentlicht als Diogenes Taschenbuch, 2000
Alle Rechte vorbehalten
Copyright © 1996
Diogenes Verlag AG Zürich
60/00/43/1
ISBN 3 257 23150 4

Inhalt

Ruperts Oscar   7

Ruperts Vorbild   26

Rupert, der Erbe   51

Rupert und die Auktion   70

Rupert geht in sich   96

Rupert als Kritiker   123

Rupert und die Mafia   146

Rupert und das weiße Mädchen   186

Ruperts Oscar

Sie haben über mich gesprochen«, sagte Rupert und schaute über die Bay. »Mitten auf dem Spielfeld. Im sechsten Inning. Ich hab's genau gesehen.« Sputnik, die Schildkröte, brütete vor sich hin und ließ Ruperts Erregung am gelben Panzer abprallen.

»Du mußt dir vorstellen, Whitacker läuft übers Spielfeld rüber zu Henderson, und sie stecken die Köpfe zusammen.« Sputnik schloß sein linkes Auge und blieb unbeeindruckt.

»Ich sitze vorm Fernseher und denke, mich trifft der Schlag.« Rupert räusperte sich. »Vierzigtausend Menschen im Stadion und was weiß ich wie viele vor den Fernsehern, und dann im sechsten Inning geht der Catcher auf den Pitcher zu, und dann flüstern sie sich ins Ohr, Großaufnahme, und Henderson schaut mich genau an. Eindeutig haben sie über mich geredet, hundertprozentig.«

Rupert schüttelte den Kopf und schnaubte durch die Nase, als sei er ärgerlich, aber in Wahrheit war er stolz. Er war wer. Rupert. Selbst die Baseballspieler der Yankees zerbrachen sich über ihn den Kopf. Was Mary Sandborne wohl gedacht hatte? Aber dann fiel ihm ein, daß sie sich das Spiel wohl nicht angeschaut hatte, weil sie sich nicht für Baseball interessierte.

»Unwahrscheinlich, daß sie's gesehen hat. Aber vielleicht hat's ihr jemand erzählt. Mitten im Spiel. Stehen

da, und Millionen schauen zu, und sie reden über mich –
Rupert.«

Gemeinsam mit der Schildkröte lag Rupert auf der
Uferböschung am Rockaway, einer Sandbank am Südzip-
fel von Queens. Von hier aus, der landeinwärts gekehrten
Seite, konnte er den tieferliegenden, brackigen Ausläufer
Brooklyns überblicken, dahinter den East River mit den
Wellen aus grauem, gehämmertem Blech und drüben in der
Ferne Manhattan, hochmütig und herausfordernd und ge-
heimnisvoll, mit den schimmernden Wolkenkratzern im
Süden und den gedrungenen, geziegelten Wohngebirgen
auf der East Side. Über alles hinweg ragte das Empire State
Building, hoch und schlank wie ein Schiffsmast.

Wind strich durch das Schilf, das aussah, als sei eine
frisch geteerte Straße damit gekämmt worden. Schmutzi-
ger Schaum wirbelte an den schwarzen glänzenden Gra-
nitquadern, die die Uferbefestigung bildeten. Es war eindeutig die unattraktive Seite der Halbinsel, doch von hier
aus konnte Rupert die Glastürme des Wallstreet-Distrikts
sehen, die von der Nachmittagssonne vergoldet wurden.

Rupert hatte den Kopf auf den Arm gelegt und drückte
abwechselnd das eine oder das andere Auge zu. Vor seiner
Nase wölbte sich der braungelbe Panzer des Reptils. Der
alte Rodriguez hatte ihm von einer Südseesage erzählt,
nach der die Erde auf einem Schildkrötenpanzer aus den
ewigen Fluten gehoben worden war. Rodriguez war sein
bester Freund. Allerdings war er nicht immer klar im
Kopf, weshalb Rupert seine Geschichten nach Möglichkeit
nachprüfte.

Wenn er das linke Auge schloß und mit dem anderen die

8

ferne Wolkenkratzerburg fixierte, hatte Rodriguez recht.
Dann saß Manhattan genau auf Sputniks Panzer, und die
Sache schien in Ordnung zu gehen. Kniff er dagegen das
rechte Auge zu, schoß die Stadtburg in den Himmel, von
ganz allein, ohne den Panzer. Unentschieden, dachte er
sich. Aber eine großartige Geschichte war es trotzdem.
Und wozu waren die fünf Sinne gut, wenn nicht dazu,
Übersinnliches zu bestätigen?

Nur undeutlich drang der Autolärm von der Uferstraße
herüber. Rupert hörte sein eigenes Blut rauschen. Da sein
rechtes Ohr so gut wie taub war und das linke sich öfter
taub stellte, um dem anderen Gesellschaft zu leisten, war
das dunkle Blubbern und Stampfen für ihn zur Gewohnheit geworden. Einerseits war er so auf beruhigende Weise
mit dem inneren Maschinenraum verbunden und konnte
sich vergewissern, daß die Kolben und Ventile gleichmäßig
arbeiteten.

Andererseits fühlte er sich mit dem Innenlärm wie in
einem Unterseeboot, mit dem er nur ab und zu aufstieg,
um die Welt wie durch ein Okular zu mustern. Das heißt,
er war fremd, so fremd, wie man nur sein kann, wenn man
ein Unterseeboot ist und in Rockaway wohnt.

Darüber hinaus führte seine ständige Selbstwahrneh-
mung zu Größenwahn, Hypochondrie und Schreck-
haftigkeit. Da er meistens in seine Träume versunken war
und selten jemanden kommen hörte, waren seine Begeg-
nungen wie Zusammenstöße. Die Menschen pflegten neben ihm, hinter ihm aus dem Boden zu wachsen. Vor allem
Sneaky und Pete.

Hier war er sicher vor den beiden. Sie lungerten meistens auf der Strandseite herum, wo die Wochenendpendler auf dem Pier saßen, fritierte Shrimps in Mayonnaise tunkten und mit fettigen Fingern zu dem blaßblauen Horizont wiesen, dahin, wo sie Europa vermuteten.

»Sneaky und Pete haben's sicher mitgekriegt. Niemals kämen Whitacker und Henderson auf die Idee, über die beiden zu reden.« Rupert grinste selbstgefällig. »Die Vollidioten, um die kümmert sich doch kein Schwein.«

Ohne die beiden, erklärte er Sputnik, wäre die Welt in Ordnung. Mit ihnen war sie die Hölle. Lediglich durch Mary Sandborne konnte die Bilanz halbwegs ausgeglichen werden. »Ohne die beiden gäbe es keine Kriege.« Sputnik sah desinteressiert aus, wie jemand, der die gleiche Tirade zum hundertsten Mal hört.

Abends hingen Sneaky und Pete vor der Texaco-Tankstelle ihres Vaters herum, flachsblond und dachsäugig, Ölschmiere auf der Stirn, in umgearbeiteten Männerhemden und Knickerbockern, die um ihre mageren Beine hingen wie Säcke. Wenn sie Rupert erwischten, vermöbelten sie ihn. Mittlerweile hatten sie vergessen, warum. Es geschah leidenschaftslos und gelangweilt, einfach weil es zur Routine geworden war.

Natürlich gab es jede Menge Gründe für Prügel. Rupert war ein Stenz mit Babyspeck. Darüber hinaus interessierte er sich nicht für Autos und wußte, was dreimalneunminusfünf ergibt. »Zwoundzwanzig«, hatte er in den Klassenraum gerufen. Pete hatte auf ungefähr hundert getippt. Sneaky auf fünfzehn, weil er auf der Seite mit den Lösungen in die falsche Spalte geschaut hatte.

Schließlich aber sah Rupert einfach aus wie ein verzärtelter Plumpsack. Aus dem blassen Gesicht sprang eine Nase, die schmal und lang war wie eine Regenrinne. Darüber lagen hochmütige schwarze Augen unter Wimpern, die wie Vorhänge waren.

Natürlich verachtete Rupert die beiden, doch ihre stumpfsinnige Prügelbereitschaft terrorisierte ihn weit mehr, als er sich zugeben mochte. Sie waren nicht kräftiger, nur rücksichtsloser. Ihr Vorteil: Sie machten sich nichts aus Schmerz. Ihn aber stürzten die Rempeleien und Knüffe und Beleidigungen in einen dunklen Abgrund aus Gewalt und Ohnmacht, der ihn lähmte.

Eine Zeitlang versuchte er die beiden mit christlicher Demut, dem Schmerzkontinuum der Nächstenliebe, zu beeindrucken. Aber sie räumten diese ängstlichen Packungen schlaffer Bescheidenheit schon mit dem ersten Fausthieb zur Seite. Aus der Bibel machten sie sich nichts. Sie hatten einfach Spaß daran, ihn zu vermöbeln.

Von seinem Vater hatte er, auch als der noch lebte, Tröstung nicht zu erwarten, was Rupert sich damit erklärte, daß schließlich nicht er es war, der die Prügel bezog. Doch darüber hinaus hatte sein Vater Schlimmeres hinter sich; er war, als er in Ruperts Alter war, vor Hitler geflohen. Und drittens hielt er sich an die eiserne Devise: »In der Krise erkennen wir uns selbst.« Niederlagen, so meinte er, stärken den Charakter. Rupert hatte nichts dagegen, aber er wäre lieber im Kampf gegen Hitler gestorben, als von zwei verrotzten, gewalthungrigen Idioten in Rockaway verprügelt zu werden.

Als er an diesem Nachmittag in der Sonne auf der flachen Sandbank von Rockaway Beach lag und sich hinüberträumte in die Burg jenseits der Wellen, spürte er wie immer eine merkwürdige Erregung. Hier in Rockaway war das Leben nichts als ein dumpfer, schilfiger, langweiliger Anlauf. Das Ziel war dort drüben, jenseits des East River: die Indianerfestung auf dem Granitfelsen, mit all dem Tamtam und Kriegsgeheul und den Säcken voller Geld. Da drüben waren alle reich oder berühmt oder auf aufregende Art verrückt wie Tante Trudel. Wenn er dort drüben leben würde, hätte er seinen Oscar schon längst.

Er wandte sich wieder der Schildkröte zu, die vor ihm im Gras lag und ihn aus immermüden Augen im Schatten ihres Panzers anglotzte.

Da drüben die Abenteuermenschen. Und vor ihm der Panzerbewohner, das Beharrungswunder im Gras, der Rückzugsspezialist, der listige Aussitzer mit seiner schorfigen Haut. Schildkröte oder Luftschloßbewohner, Tier oder Gott, darauf lief es hinaus. Seine Wahl war eindeutig.

»Verehrte Mitglieder der Akademie, liebe Freunde und Kollegen«, hob er an. »All die Entbehrungen haben sich in diesem Moment gelohnt.« Wie immer, wenn er an diese Stelle kam, mußte er schlucken. Im Geist sah er dieses Meer aus Smokings, einen Riesenraum. Er oben im Scheinwerferlicht, am Pult, das für ihn heruntergekurbelt worden war. Unten sah er Spencer Tracy und Sidney Poitier und Richard Burton sitzen. Sie lächelten falsch. Klar waren sie enttäuscht, daß er ihnen den Oscar weggeschnappt hatte. Doch Elizabeth Taylor schaute mit feuchten Augen zu ihm auf.

»Diese Ehrung wäre natürlich nicht möglich gewesen

ohne...« Sputnik wandte sich ab, um sich gemächlich aus dem Staub zu machen. Rupert nahm ihn seufzend auf und trabte durchs Schilfgras hinüber zu Rodriguez' Schuppen.

Rodriguez wohnte hinter dem LKW-Friedhof in einer selbstgezimmerten Hütte. Ihm war es recht, wenn Rupert Sputnik ausführte. »Is nicht schlecht, wenn das Viech mal rauskommt«, sagte er, »sonst verblödet es auf die Dauer.«

»Auf die Dauer« war gut. Eines nahen Tages würde Rodriguez ihn wie seine Vorgänger aus dem Panzer schneiden und auskochen, mit Möhren und Kartoffelstücken und all den wahrscheinlich giftigen Kräutern, die rings um die dunklen Altölflecken wuchsen und das Grundstück, eine verlassene Reparaturwerkstatt, verbrannt aussehen ließen.

Der Alte hatte die Schildkröte Sputnik getauft, um die Russen zu verhöhnen. Für ihn war es eine ausgemachte Sache, daß die Amerikaner früher auf dem Mond landen würden. Rupert dagegen mochte Sputnik, und er hätte es liebend gern gesehen, wenn die Russen gewinnen würden. Er sympathisierte mit denen, die keiner leiden konnte. »Zu irgendeiner Partei muß man ja halten«, sagte er sich. »Und da ist es am besten, man ist für die eigene.«

Rodriguez war damit beschäftigt, eine alte Felge in die Schrottplastik einzusetzen, an der er seit Monaten arbeitete. Sie hatte die Länge eines Buick und bestand aus einem Gewirr von Rohren und Zylindern, das Rupert an nichts erinnerte, was er je gesehen hatte, und doch auf ihn wirkte wie eine Quersumme aus allem. Ein Ungetüm mit tausend Augen, das sich in rostigen Ölwannen verknotete und freibrach in einem zitternden Wald aus Speichen. Sie fachsimpelten eine Weile über einen möglichen Namen.

»'n Haufen Schrott«, schlug Rupert vor.

»Das is kein Name«, sagte Rodriguez. »Das is nur, wasses is. 'n Name is immer auch gleichzeitig was anderes. Hier, halt mal.«

»Rupert«, sagte Rupert nach einigem Überlegen.

»Wieso denn das?«

»Weil sich das Ding nicht entscheiden kann, wohin es wächst.«

Rodriguez bestand darauf, daß es das sehr wohl wußte, und schwieg verärgert. Achselzuckend machte sich Rupert auf den Weg nach Hause.

Er lief durchs Gras, quer zu Highway und Siedlung. So konnte er die Straßen einsehen, die hinunter zum Strand liefen. Vor Joes Eisdiele am Rockaway Boulevard sah er Sneaky und Pete, die über irgendwas gebeugt waren, was er nicht erkennen konnte. Entweder war es irgendein Viech, an dem sie sich neue Foltermethoden ausdachten, oder Sammelbildchen. Auto-Idioten. Er nahm die nächste Querstraße, lief drei Block südwärts, durchquerte zwei Gärten und betrat schließlich die Veranda seines Elternhauses.

Rockaway Beach, die Sandbank am Südzipfel von Queens, wurde von polnischen, irischen und italienischen Einwanderern besiedelt, die ihre kleinen Holzhäuschen mit Veranda pflegten, die Marienstatuen in den Vorgärten putzten und dem amerikanischen Traum nachjagten, der aus einem neuen Cadillac, dem brandheißen 63er Modell, und einem größeren Holzhäuschen bestand.

Ruperts Mutter war eine italienische Katholikin und sein Vater ein deutscher Jude, doch die wahre und eigentliche Religion der Lubowitzens hieß Amerika. Deshalb hatten sie auch keine Marienfigur, sondern die Freiheitsstatue im Vorgarten. Ihre Frömmigkeit war den amerikanischen Präsidenten vorbehalten. Sie verehrten Truman, beteten Eisenhower an und zitterten vor Rußland. Einen Erker des Hauses zierte das Sternenbanner, zu Halloween lag der ausgehöhlte Kürbis auf der Veranda, und zu Weihnachten flimmerte der elektrische Tannenbaum rot, weiß und blau.

Das Haus der Lubowitz unterschied sich nicht groß von den anderen der Nachbarschaft, bis auf die Veranda, die zur Hälfte in einem schimmernden hellen Veilchenblau gestrichen war, der Farbe von tropischen Meeren und, wie Rupert irgendwann feststellte, der von Elizabeth Taylors Augen, die das dunkle Haus dahinter noch dunkler und geheimnisvoller erscheinen ließ. Jedesmal, wenn Rupert die Veranda betrat, hatte er das Gefühl, er falle in einen kühlen Frühlingshimmel.

Diese sechs Quadratmeter unwahrscheinlichen Blaus waren die einzige sichtbare Hinterlassenschaft seines Vaters, eine leidenschaftliche Signatur und auf poetische Art so unvollendet, wie es sein ganzes Leben gewesen war.

Herbert Lubowitz, der als Kind vom Schicksal aus der Heimat gerissen worden war, war sein ganzes weiteres Leben lang von dem Bemühen getrieben, nie wieder aufzufallen – er lebte eine chamäleonhafte Überanpassung mit dem Ziel der Selbstauflösung, denn nur der, der in seiner Umgebung verschwand, konnte vor Nachstellungen ganz sicher sein. Er lernte Englisch, büffelte Redewendungen, tilgte seinen harten deutschen Azent unerbittlich wie Unkraut, bis er von einem Amerikaner nicht mehr zu unterscheiden war. Als Sprachlehrer verhalf er später den Immigrantenfamilien der Nachbarschaft zu den Segnungen weicher Konsonanten und korrekt lautender Silben.

Die Farbe für die Veranda hatte Herbert Lubowitz billig von einem Nachbarn bezogen, der sie seinerseits aus den Restbeständen einer aufgelösten Malerei erworben hatte. Da Ruperts Vater ein absoluter Laie im Streichen von Veranden war, hatte er die Farbe am Anfang zu pedantisch und dick aufgetragen, so daß sie nicht für die gesamte Fläche reichte. Unglücklicherweise gehörte der Farbton zu einer ausgelaufenen Serie, und an Nachschub war nicht zu denken. So behielt der Rest der Veranda sein ehrliches, verwittertes Plankengrau.

Rupert war seinem Vater nie sehr nahe gewesen. Als er vor zwei Jahren starb, nahm er ihm vor allem übel, daß er ihn mit seiner Mutter allein ließ und ihn ihren Launen und vor allem ihrer Kocherei förmlich auslieferte.

Während Rupert das Fliegengitter der Veranda aufdrückte, hörte er seine Mutter in der Küche hantieren, wütend und laut. Rupert hatte gelernt, klaglos hinzunehmen, was da an halbgaren Fleischklumpen, zerkochten Kartoffelbergen und wäßrigen Suppen auf dem Tisch stand. Das Essen bei den Lubowitzens war stets schlecht, aber reichlich.

Wahrscheinlich litt keiner mehr unter der Kocherei als Ruperts Mutter selber. Sie empfand es als Strafarbeit, als lästige Pflicht, die sie hinter sich zu bringen hatte. Völlig beziehungslos stand sie vor den Tiegeln in der Küche, rührte Zutaten in die jeweilige Pampe, die sie mit Mißtrauen, ja oft regelrechtem Abscheu betrachtete, und sie nahm den Topf nicht vom Herd, wenn das Gericht fertig gegart war, sondern wenn der Widerwille gegen ihre Tätigkeit die Oberhand gewonnen hatte.

Sie kannte nur Maßeinheiten wie viel oder wenig und Zeiteinheiten wie ziemlich kurz oder ziemlich lang. Es war eine Erlösung für alle, als ein paar Querstraßen weiter mit großem Trara und einem echten Broadway-Star, von dem Rupert allerdings noch nie gehört hatte, ein McDonald's-Restaurant eröffnete und wenigstens hin und wieder Freiheit von Maria Lubowitz' Kocherei versprach.

La donna è mobile kam aus der Küche. Maria hielt die Kocherei und den streng vergeistigten Rest ihres Lebens nur mit Opern aus, italienischen Opern, und Rupert hatte bis zu diesem Tag geschwankt, ob er nicht doch dort seine Zukunft habe.

Früher war seine Mutter ein anmutiges, seelenvolles Mädchen gewesen, das im Italienerviertel der Bronx aufwuchs. Ihr Vater goß Heiligenstatuen aus Gips und war meistens betrunken und dann haltlos sentimental. Schluchzend saß er vor den heiligen Sebastianen, auf die er sich spezialisiert hatte, und trug mit dünnem Pinsel die Wunden auf, irrsinnige Risse, klaffende, bluttriefende Öffnungen, nicht nur auf dem Torso, sondern auch in den Lenden, den Füßen, ja einmal selbst hinter den Ohren. Es wurde geradezu sein Markenzeichen, daß er zu dick auftrug. Seine Wunden waren drastischer modelliert als die der Konkurrenz, die Durchbohrungen zahlreicher, und über den dichten Büscheln goldener Pfeile drehten sich verzückte Augen himmelwärts, in einer Leidensraserei, die die der anderen Leidensspezialisten weit hinter sich ließ.

Maria hatte sich über die fleischlichen Verzückungen ihres Vaters stets lustig gemacht, doch am Tag nach ihrem neunzehnten Geburtstag sollte sie ihrer eigenen Schwärmerei erliegen, die in einem Schock, einer seelischen Erkältung endete, von der sie sich nie wieder erholen sollte. An jenem Tag hatte sie herausgefunden, daß Benjamino Gigli, der Tenor, sie mit einer Revuetänzerin aus Chicago betrog. Nicht daß Gigli sie, die Probenpianistin Maria, je auch nur wahrgenommen hatte. Aber sie war stets davon überzeugt, daß ihre stille Liebe zu dem Tenorgott für beide reichte.

Die Enttäuschung über das Revuegirl machte sie hart und bitter. Jahre später gab sie dem verdrießlichen Werben von Herbert Lubowitz, einem Sprachlehrer für Immigranten, nach und zog mit ihm nach Rockaway. Daß Rupert schon in jungen Jahren Ähnlichkeit mit dem sehr späten Benjamino Gigli hatte, ein pummeliger Schrat auf zwei stämmigen Beinen, mit gravitätischen Bewegungen, glutvollen Augen und einer markanten Nase, wurde zu Hause nie erwähnt.

Sneaky und Pete war es völlig egal, wem er ähnlich sah. Zu Ruperts frühesten Erinnerungen gehörte, daß die beiden ihm Sand in den Mund stopften. Sie hatten ihren Auftrag aus einer Radioserie, in der irgendein italienischer Mafiaboß befohlen hatte, irgendeinem Soundso »das Maul zu stopfen, damit er nicht singt«. Rupert wäre nie auf die Idee gekommen zu singen, aber er wußte, daß Pete und Sneaky trotzdem immer irgendeinen Grund fanden, ihn zu vermöbeln.

Seine Mutter war Klavierlehrerin und legte ihr Geld in

einer langsam, aber stetig wachsenden Sammlung von Opernplatten an. Musik erfüllte das Haus von morgens bis abends. Das Leben, lernte Rupert, war eine bitterernste Angelegenheit, doch in der Musik waren Verzückung und Raserei, eben all das, was der Alltag der Lubowitz nicht hergab.

Es wurde viel geschwiegen zu Hause, als ob es nur einen begrenzten Vorrat an Äußerungen gab, den man nicht mit Tratsch über Kleinigkeiten des Alltags verschwenden wollte. Zu den glücklichsten Stunden in Ruperts Kindheit gehörten die Samstagnachmittage, an denen die Familie schweigend um das Radio herumsaß und den Texaco-Übertragungen aus der Met lauschte.

Er hockte dabei in dem abgeschabten Ohrensessel gegenüber der polierten schwarzen Vitrine, über der einige gerahmte Porträts hingen. Da war Tante Trudel, die freundlich lachende Großtante, die Herbert Lubowitz vor dem Zweiten Weltkrieg zu sich genommen hatte, Pupkin, ein in Leningrad verschollener Cousin dritten Grades von Tante Trudel, daneben die Großeltern der Mutter und dazwischen Truman, als sei er ein Mitglied der Familie.

Die mächtige Buche im Garten sperrte das Licht aus, und bald versank Rupert in diesem Schattenreich, in dem es nur Stimmen gab und das grüne Zyklopenauge des Radios, die Kontrolllampe aus einer anderen Welt, die aus Festlichkeit und Lichterglanz und Leidenschaften und Drama bestand – ein Morsezeichen des wirklichen Lebens.

Während seine Altersgenossen vor der Eisdiele am Boulevard herumgammelten und Baseballkarten von Joe Di Maggio und Willie Mays austauschten, saß Rupert vor dem

Plattenspieler im dunklen Wohnzimmer und schnitt Opernkritiken aus der *New York Times* aus.

Er verehrte Kennedy nur aus einem einzigen Grund: Der Präsident hatte einen Bühnenarbeiterstreik an der Met beendet und dafür gesorgt, daß die Samstagnachmittagsübertragungen fortgeführt werden konnten.

So litt er, als die Radiosendungen eines Tages mit den Sondermeldungen über das tödliche Attentat auf den Präsidenten in Dallas unterbrochen wurden.

»Er hat Chruschtschow in die Knie gezwungen«, sagte Maria Lubowitz mit tränenerstickter Stimme, »und das hat ihm der Iwan nicht verziehen.«

Sie war überzeugt, daß die Russen hinter dem Mordkomplott steckten. Rupert dagegen hatte die viel mächtigere Bühnengewerkschaft der Met im Verdacht, aber er behielt seine Theorie für sich. Als Geheimagent, soviel wußte er, mußte man schweigen können. Und schweigen konnte er – schließlich wurde zu Hause nichts anderes trainiert.

Rupert schwankte eine Zeitlang, ob er zur Bühne, zum Film oder zum FBI gehen sollte. An allen drei Berufen faszinierte ihn das Doppelleben, das mit ihnen verknüpft war. Alle arbeiteten nach Einbruch der Dunkelheit. Verkleidung war in allen diesen Berufen obligatorisch.

Eines Tages hatte er sich für das FBI entschieden und schickte J. Edgar Hoover eine Bewerbung mitsamt seinen Fingerabdrücken. In seinem Begleitbrief schrieb er, daß er nicht besonders sportlich sei, aber ziemlich intelligent, wie ihm seine Lehrer bescheinigten, und zum Beweis fügte er sein letztes Zeugnis bei. Überdies könne er italienisch, und er hasse die Russen genauso wie Mr. Hoover.

Der FBI-Chef schrieb tatsächlich zurück. Er habe die Fingerabdrücke erhalten. Allerdings sei Rupert ein Fehler in der Klassifizierung unterlaufen – er habe den Ringfinger und den Mittelfinger der linken Hand vertauscht. Ansonsten glaube er, daß Rupert einen brauchbaren Agenten abgäbe. Er solle sich in zehn Jahren wieder melden. Es dauerte Tage, bis die Tinte von Ruperts Fingerspitzen verschwand, und als Hoovers Brief eintraf, hatte Rupert die Verbrecherjagd bereits für sich begraben.

Alles lief aufs Kino hinaus. Er konnte stundenlang von Filmen erzählen, die er nie gesehen hatte, ja, er gab manche Dialoge wörtlich wieder, und stets war der Held eher klein und dicklich und sah Rupert ziemlich ähnlich.

Leise stieß er die Tür auf und stahl sich an den Gerüchen und Opernleidenschaften und Flüchen, die aus der Küche drangen, vorbei und stieg hinauf in sein Zimmer. Es war eine kleine Mansarde, vor deren Fenster hellgrüne Buchenblätter in das Chaos winkten, das das Leben eines Elfjährigen erzeugt.

Wie in geologischen Schichtungen gab es den Babygrund aus kaputten Spieluhren, einem einbeinigen Pinocchio und vergessenen Murmeln. Dann die Ablagerungen des Heranwachsenden: Malbücher, halbe Kartenspiele, Programmhefte, verklebte Bonbonreste. Auf dem Bücherbord stand ein Modellflugzeug aus dem Zweiten Weltkrieg. Rupert war von Waffen und Aufmarschbewegungen und Strategien fasziniert – Trudels Cousin Pupkin war auf der russischen Seite, während der deutschen Belagerung Leningrads, umgekommen.

Rupert schloß die Tür, setzte sich an seinen Tisch, legte

feierlich ein unbenutztes Schulheft vor sich hin und begann, an seiner Oscar-Dankesrede zu arbeiten.

»All die Jahre der Plackerei haben sich in diesem Moment gelohnt«, schrieb er, zufrieden über diese männlichen, vom Leben gegerbten Worte.

Energisch wie Charlton Heston biß er die Zähne zusammen und blähte die Nasenflügel und sah auf die Buche hinaus, während er entschlossen an all die Jahre der Plackerei dachte, die wohl vor ihm lagen. Armut, Tellerwaschen, endlose Zweitbesetzungen, bis er irgendwann für den erkrankten Star einspringen und in der *New York Times* erwähnt werden würde.

Er wurde schwermütig bei dem Gedanken an diese Ochsentour. Er spürte, wie ihn das Hochgefühl verließ, deshalb setzte er neu an. Schließlich gab es in der Filmgeschichte auch Überraschungssieger, Stars über Nacht.

»Gott hat mir das Talent gegeben, und ich danke ihm dafür, daß er mich nicht so dämlich gemacht hat wie Sneaky und Pete.«

Er konnte die beiden genau vor sich sehen, wie sie in ihren Wohnwagenanhängern saßen und wie der Rest der Nation zuschaute. Er würde sie erledigen. Und damit die ganze Nation wußte, wer gemeint war, setzte er hinzu: »Wie Sneaky und Pete Roberts aus Rockaway.« Sie würden vor Wut in ihre Mechanikerlappen beißen. Er fand diesen Anfang sehr befriedigend.

»Diese Oscar bedeutet mir verdammt viel«, fuhr er fort. Er strich »verdammt« und ersetzte es durch »enorm«.

Vielleicht sollte er in diesem Moment atemberaubenden Glücks auch der weniger Beschenkten gedenken? Eine

Prise Altruismus vor aller Welt würde seinen persönlichen Triumph noch steigern.

»Ich nehme diese Trophäe in aller Bescheidenheit entgegen«, schrieb er, »und stellvertretend für all die Unglücklichen draußen, für die ich kürzlich den Verein ›HOgI/S+P‹ gegründet habe.« Natürlich würde bis dahin jeder wissen, daß sich hinter dem Kürzel der Verein für »Halbwüchsige Opfer gemeiner Idioten/Sneaky und Pete« verbergen würde. Befriedigt lehnte er sich zurück.

Das Blätterwerk vor seinem Fenster bewegte sich sacht, und dahinter sah er etwas Rotes die Straße hinunterfahren, rote Tupfen und darunter weiße Tupfen, Kniestrümpfe, die sich auf und ab bewegten und eindeutig zu Mary Sandborne gehörten, die die Pedale ihres Fahrrades trat. Er schloß die Augen und sah ihr blondgerahmtes Engelsgesicht vor sich, die schrägstehenden blauen Augen, die erröteten Puttenwangen, ihr Zahnspangenlächeln und die Mickymaus-Klammern für die Zöpfe. Er hatte ihr mal seinen Flieger gezeigt. Sie fand ihn »nett«. Seitdem war es um ihn geschehen.

Sein Frauenbild war bis dahin bestimmt gewesen von der ewig schwarzgekleideten, eher geschlechtslosen Mutter und einem Besuch der Freak-Show drüben in Brighton Beach, wo er die »Frau ohne Kopf« anschaute und die »Kleine Tasha«, die kleinste Frau der Welt, die in einem Karton auf einem gelben Stühlchen saß und dumpf vor sich hinbrütete.

Frauen haben es schwer, dachte er sich. Eine andere Rasse. Was hatte er für ein Glück, nicht als Frau auf die Welt gekommen zu sein. Haarscharf davongekommen.

Nur ein winziges Chromosom hatte ihn vor diesem Abgrund bewahrt.

Verstärkt wurde sein Fremdheitsgefühl Frauen gegenüber dadurch, daß die meisten Mädchen in der Schule Sneaky und Pete bewunderten und deren Abneigung gegen Rupert vollen Herzens übernahmen, ja sogar übertrumpften. Nur Mary Sandborne bildete da eine Ausnahme. Sie lächelte, und manchmal grüßte sie ihn sogar.

»Aber er wäre nix wert, wenn er nicht für eine bestimmte Person geweiht wäre.«

Sein Herz schlug ihm bis zur Kehle hinauf, und er wußte, daß nun der feierlichste Moment seiner Rede gekommen war. Er würde sich an dieser Stelle räuspern müssen, und Millionen von Fernsehzuschauern würden den Atem anhalten.

»Für eine bestimmte Person geweiht«, wiederholte er.

Das war ein verdammt feierlicher Auftakt.

»Sie glänzt dort draußen wie der hellste Stern.«

Er würde es ein bißchen rauszögern. Dann würde er sich übers Pult beugen und die Trophäe in die Höhe halten und vernehmbar flüstern: »Mary, das ist für dich.«

Er war so benommen von dem Moment, daß er den Bleistift hinlegen mußte. Er stellte sich vor, wie Mary Sandborne rot wurde und halb irre vor Glück und daß sie ihn anrufen würde oder wahrscheinlich gleich anreisen und ihm sagen würde, daß sie immer nur ihn geliebt hätte. Er würde natürlich vorher alle Reporter rausschmeißen lassen.

Plötzlich nahm er den bekannten scharfen Geruch wahr, der von unten kam, angebrannte Tomatensoße mit Knoblauch, die sich wütend und blubbernd aus einem vergessenen Topf befreite, ein hagerer, beißender, widerlicher Geruch wie ein böser Flaschengeist, der sich, mit Messern bewaffnet, auf ihn stürzte. Seine Sinne waren wach, sein gesundes Ohr empfangsbereit. Kurz darauf hörte er seine Mutter auf italienisch fluchen.

Es gab keinen Geruch auf der Welt wie diesen. Er steckte voller knapper Befehle, er schmeckte wie »Mach deine Hausaufgaben« und »Nimm den Arm vom Tisch«, und er war geschwängert von Lebensunlust, von Feindseligkeit jeder Träumerei gegenüber. Seufzend erinnerte er sich in dieser schicksalhaften Stunde an seine Pflichten als Sohn.

»Diese Trophäe wäre nicht möglich gewesen ohne die Unterstützung durch meine Mutter, die immer hinter mir stand und die mich mit ihren bescheidenen Mitteln gefördert hat, wie es nur ging.«

Der beißende Geruch der Soße stieg ihm in die Nase. Er las sich durch, was er geschrieben hatte, und strich den letzten Satz, um ihn durch eine nichtssagende Dankesfloskel an die Produzenten und das Studio und »alle anderen Leute von MGM« zu ersetzen.

Schließlich mußte er auch an seine Zukunft denken.

»Rupert!« Er erschrak.

Er gab auf mit dem Gefühl, einen Verrat begangen zu haben. Es gab noch jemanden, den er eigentlich erwähnen wollte. Großonkel Pupkin, Trudels Cousin, würde ihm verzeihen müssen. Überhaupt: Wie dankte man jemandem, den man nie getroffen hatte, von dem man aber dennoch schwer beeindruckt war, so sehr, daß man mit ihm lebte?

Aufseufzend begab er sich ins Gefecht.

Ruperts Vorbild

Onkel Pupkin war allgegenwärtig in Trudels Brownstone im Village. Die Aufnahmen von ihm hingen über den Empiretapeten in den Fluren, standen auf polierten Sekretären und in den Regalen und Vitrinen, wo sie buntes Nippeszeug still und ernst überragten. Da waren Jugendfotos, die ihn in kurzen Hosen zeigten oder im Matrosenanzug, stramm und brav vor der Kastenkamera, und spätere, auf denen er dicke Brillengläser trug und ziemlich blind aus den Kunstschatten der Fotoateliers hervorschaute, in die er von seiner Frau geschleppt worden war wie ein erbeutetes Tier.

An den Wänden von Wohnzimmer und Schlafzimmer, ja selbst in der Küche hingen Reproduktionen seiner Lieblingsgemälde. Pupkin war verantwortlich für die niederländischen Meister in der Eremitage in Leningrad, wenn auch nur, strenggenommen, für einige Stunden.

Besonders beeindruckt war Rupert von einem Kunstdruck, der ein Mädchen in Weiß zeigte. Es hielt einen Skizzenblock auf dem Schoß. Ihr blonder Flaum über den Ohren erinnerte ihn an Mary Sandborne.

»Dieser Idiot«, pflegte Trudel zu sagen, »er hat diesen Kunstknall gehabt, wie alle in der Familie.«

Wenn seine Eltern ihn bei ihr abgeliefert hatten, war es ihr zur Gewohnheit geworden, Rupert mit Apfeltorte und Pupkin-Geschichten abzufüttern. Im Grunde genommen aber benutzte sie ihn nur als Statisten, um ihre Abneigung gegen Pupkin und gegen die Kunst im allgemeinen loszuwerden.

»Blindschleiche«, stieß Trudel wütend hervor. »Warum ist er nicht abgehauen. Warum ist er nicht schon, bevor die Kommunisten kamen, nach Amerika gekommen?«

»Was?«

»Abgehauen«, brüllte Tante Trudel. Sie musterte ihn streng.

»All diese Kunstfanatiker. All diese Opern, diese Shakespeare-Helden, diese Bilderträumer. Unsere Familie ist geschlagen mit diesem Quatsch.«

Der größte Teil der Pupkin-Familie hatte sich unter Zurücklassung ihres Besitzes vor der Oktoberrevolution in den Westen gerettet. Doch Pupkin blieb.

Erstens hatte Leonard Pupkin insgeheim Sympathie für Leute, die Ideen höher stellten als Besitz. Und zweitens wollte er sich nicht von den Gemälden trennen, die den Stadtpalast der Familie zierten. Er fand es schön, seine Liebe zu Caravaggio und Melzi nun mit dem ganzen Volk zu teilen. Er sah in der Oktoberrevolution einen Aufstand der Schwärmer, den Aufbruch in eine Gesellschaft, in der Ideale und Phantasie an der Macht waren.

Nachdem die Bolschewiken das Pupkin-Palais in Beschlag genommen hatten, wurde ein öffentliches Museum daraus. Leonard Pupkin wurde, nach einigen Verfahren wegen seiner adligen Herkunft, als Kalfaktor angestellt. Als seine Sammlung später der Eremitage einverleibt wurde, schaffte es Pupkin, seinen Bildern nahe zu bleiben. Er begann als Archivassistent der Waffensammlung im

Erdgeschoß und arbeitete sich langsam hoch zum Leiter der Numismatik.

Tante Trudel hatte den Kontakt mit ihm über Jahre gehalten. Sie hatte sich als Achtjährige während eines Sommerurlaubs in Leningrad in ihn verliebt. Pupkin war ein Jahr jünger, und sie hatte ihm eine geknallt, als er am Ufer der Newa versuchte, sie zu küssen. Über Jahrzehnte hatten sie Briefe gewechselt, und später berichteten ihr Freunde und Rotarmisten von Pupkins heldenhaftem Einsatz an der Kunstfront während der Besetzung Leningrads.

Im Laufe der Jahre bekam Rupert eine ziemlich genaue Vorstellung davon, was sich damals in der Eremitage abgespielt hatte.

Wie alle tragischen Geschichten begann auch diese mit einem Triumph, einem Sieg für Onkel Pupkin, auf den er lange gewartet hatte: Er war befördert worden. Seine pedantischen Eintragungen ins Tagebuch, das Tante Trudel später anonym zugeschickt worden war, gewährten einen genauen Einblick in seine Gemütslage an jenem schicksalhaften 22. Juni 1941.

Pupkin stand im ersten Stock der Alten Eremitage bei den frühen Italienern und schaute durch das Fenster hinaus auf die Newa. Mit kurzen heftigen Stößen pumpte er Luft durch seine Nasenflügel, wie er es immer tat, wenn er erregt war. Er hatte Tschernomyrdin aus der Numismatik die Meinung gesagt, nachdem ihm Wersin eröffnet hatte, daß seinem Wunsch auf Versetzung entsprochen worden war.

Gut, es waren nicht die Franzosen des 18. Jahrhunderts, die seit Jahren sein heimliches Wunschziel gewesen waren. Aber bei den Niederländern war nach Kropkins tragischem Badeunfall eine Stelle frei geworden, und Rembrandts Selbstporträt, diese heldenhafte, brauntraurige Lebensverwüstung eines alten Männergesichts, hing einst im Arbeitszimmer seines Vaters.

So hatte er sofort zugegriffen, nachdem ihm der Direktor am Morgen die Stelle angeboten hatte, in einem bedeutungsvollen Gespräch unter vier Augen, in welchem Pupkins Verdienste um den Systemkatalog der Münzbestände aus der Frühzeit noch einmal ausdrücklich erwähnt worden waren.

Wersin, ein gemütlicher, alter Opportunist, konnte Tschernomyrdin ebensowenig leiden wie Pupkin. Schließlich war es Tschernomyrdin, der die Listen der veräußerbaren Kunstwerke im Parteiauftrag revidierte und erweiterte. Wenn es nach ihm gegangen wäre, hätte man die Bestände der Eremitage en bloc verhökert, um dem Großen Vorsitzenden noch ein paar zusätzliche Stahlwerke im Ural zu finanzieren.

Pupkin schaute auf das Treiben auf der Newa, die träge Fahrt der Lastschiffe, und auf den spitzen Turm der Peter-Paul-Festung gegenüber. Ihm hätte nicht feierlicher zumute sein könnten. Unter ihm, auf dem Newskij Prospekt, schlenderten die Studenten, die an diesem späten Junitag ihre Examenszeugnisse erhalten hatten, Liebespaare mit ineinander verschränkten Armen, die Frauen in hellen, dünnen Blusen, die Jungen in weißen Hemden.

Vielleicht lag es an der Nachbarschaft der Italiener, vielleicht daran, daß er nach seiner schicksalhaften Beförderung Rastrellis Gesandtentreppe im angrenzenden Winterpalais emporgeschritten war, hinein in diese marmorne Umarmung und Erhöhung, hinan auf dieser geschwungenen, goldschäumenden, beflügelnden Prunkstiege. Er fühlte sich gekrönt, wie jene Adligen auf dem Bild von Canaletto, das die Ankunft des französischen Botschafters vor dem Dogenpalast schildert. Ein Flirren aus Gold und Blau und Feströte. Pupkin schnaubte noch heftiger unter dieser Attacke bourgeoiser Gefühle, aber er genoß sie, wenn auch verlegen, in hektischen Zügen.

»Er hat sich tatsächlich geschämt«, hatte Trudel tadelnd ausgerufen. »Die haben ihn fertiggemacht mit ihrer sozialistischen Litanei, und er hat sich geschämt dafür, daß er sich freute.«

An diesem Mittag am Fenster des Winterpalais nahm Pupkin plötzlich wahr, wie die schlendernden Paare in Bewegung gerieten. Die Schritte wurden steifer und zielstrebiger, und alle steuerten auf den Schloßplatz zu. Hinter sich hörte er eilige Schritte. Der alte Jaschin rief schon von weitem: »Alle sollen ins Direktorenzimmer, es gibt eine wichtige Durchsage.«

Bei Wersin standen sie alle dicht gedrängt. Der Direktor fummelte an den Knöpfen seines Radiogeräts herum. Tschaikowskijs 1812-Ouvertüre toste gewaltig dem Ende zu, mit Blechgerassel und Paukenwirbel und Kanonendonner und Glockengeläut. Als sich der sinfonische Pulverdampf verzogen hatte, meldete sich der Sprecher und kündigte eine wichtige Durchsage des Genossen Molotow an: Die Deutschen waren eingefallen!

»Dabei konnte man sich an den fünf Fingern abzählen, daß sich der eine Gauner über den anderen hermachen würde und der Pakt nichts wert war«, sagte Trudel. »Wahrscheinlich war Pupkin der einzige, der wirklich geschockt war. Er war immer ein Träumer.«

Molotow sprach von einem »Akt der Niedertracht, für den es in der Geschichte der zivilisierten Nationen keine Parallele gibt«. Tschernomyrdin, der den Vertrag mit den Deutschen als weisen Schachzug stets verteidigt hatte, schaute benommen vor sich hin. Doch als Molotow fortfuhr und zum Kampf gegen die Eben-noch-Freunde aufrief, bekam sein Gesicht wieder Farbe. Und als Molotow die Museumsleute und den Rest der Bevölkerung aufforderte, sich um die »ruhmbedeckte Bolschewistische Partei, um die Sowjetregierung und unseren großen Führer, den Genossen Stalin, zu scharen«, ballte er die Fäuste und rief »Hurra!«.

Mit drei Millionen Soldaten hatten die Deutschen die Grenze überquert. Sie trafen nur auf schwache Gegenwehr. Mit neunundzwanzig Divisionen und einer Luftstreitmacht von siebenhundertsechzig Flugzeugen drangen sie in Richtung der baltischen Republiken vor. Ihr Ziel: Leningrad.

In Wersins Direktorenzimmer war man sich schnell einig darüber, daß man Vorkehrungen zur Evakuierung der Kunstsammlung zu treffen hatte. Die sozialistische Entschlußkraft wurde dadurch dokumentiert, daß man ein Komitee bildete, dem Tschernomyrdin vorsaß, weil er die besten Beziehungen zum Stadtsowjet hatte.

Zum Stellvertreter wurde Pupkin ernannt. Zum zweitenmal an diesem Tage mußte sich Pupkin durch heftiges Atmen Erleichterung verschaffen: Kaum war er karrieremäßig an Tschernomyrdin vorbeigezogen, wurde er von ihm notstandsmäßig wieder überholt. Er haßte Hitler aus tiefster Seele. Und natürlich hatte er, wie alle, Angst um »seine« Bilder.

Nun begann ein gespenstischer Wettlauf mit den Deutschen. Während die Heeresgruppe Nord damit beschäftigt war, auf ihrem Vormarsch russische Dörfer niederzubrennen, organisierte Pupkin die Rettung dessen, was er die »Seele« nannte und Tschernomyrdin das »Erbe des russischen Volkes«. Rund zweitausend Museumsangestellte und Freiwillige stürzten sich auf die fast unlösbare Aufgabe, eine halbe Million unbezahlbarer Ausstellungsstücke für den Transport in den Ural zu verpacken.

Während sich die deutschen Divisionen durch die russische Weite fraßen, ackerten sich die Kunstdivisionen der Eremitage durch die siebzig Ausstellungssäle, um Skulpturen in Stroh einzuhüllen, Kisten zu hämmern, Gemälde aus den Rahmen zu schneiden.

Pupkin, der der »westeuropäischen Kultur« vorstand – daneben gab es die Bereiche Vorgeschichte, Antike, Orientalen, russische Kultur und Numismatik, um die sich Tschernomyrdin persönlich kümmerte –, kam nur noch sporadisch zu Hause vorbei. Er arbeitete bis zur Erschöpfung.

Da war nicht nur die körperliche Strapaze, die endlosen Marmorgänge des Winterpalais zu durchhasten, Anweisungen zu brüllen, schwere Kassettenrahmen von der Wand zu hängen. Übertroffen wurde das alles von der nervlichen Belastung, die es ihn kostete, den Tiepolos und Caravaggios mit dem Messer zu Leibe zu rücken.

Pupkin hatte ein Andachtsverhältnis zur Kunst. Obwohl er stark kurzsichtig war, hielt er respektvollen Abstand zu den Meistern. Manchmal, wenn der letzte Besucher das Museum verlassen hatte, schlich er vor eines seiner Lieblingsbilder. Dann nahm er seine Brille ab und hielt sie wie eine Lupe vor ein Detail, um es zu studieren, etwa das prächtig verzierte Notenblatt von Caravaggios Laute spielenden Knaben. Doch schnell trat er wieder zurück und schnaubte leise vor sich hin, übermannt von dem Geheimnis eines Meisterwerks, das mehr war als Komposition, Licht und Farbe.

Nun hatte er zuzupacken. Nun ging es um Klammern, die zu lösen waren, um splitternde Farbaufträge, um brüchige Leinwände, sperrige Formate. Er litt. Er schnitt, und er litt. Da war Melzis Dame, die ihre Satinbluse gelöst hatte und eine vollendete Brust zeigte, während sie mit ihren zarten Fingern ein kostbares Gras betrachtete, still vor sich hinlächelnd, als wüßte sie nichts von der Verführung, die von ihr ausging und die Pupkin, ohne daß er es sich eingestand, stets verrückt machte.

Nun lag sie auf dem Gesicht, und Pupkin kniete über ihr und schnaufte und kam sich mit seinem Messer vor wie ein Lustmörder, während er die rauhe Leinwand vorsichtig vom Rahmen trennte. Doch wenn er daran dachte, was die

Hunnen mit ihr und mit all den anderen Madonnen und Königen und Schäfern und Liebespaaren anstellen würden, überwand er seine Scheu und ging ans Werk.

Innerhalb einer Woche schafften es die Eremitage-Truppen tatsächlich, den größten Teil der unzähligen Schätze zu verpacken. Zwei Güterzüge gingen ab nach Swerdlowsk. Ein großer Teil der Skulpturen wurde im Keller untergebracht.

Währenddessen wurde die Bevölkerung Leningrads mobilisiert, um die Stadt zu sichern. In bis zu sechzehnstündigen Schichten waren Arbeiter, Studenten, Alte und Kinder damit beschäftigt, Panzergräben auszuheben, Proviant anzulegen, Brennholz zu organisieren, Betonsperrblöcke zu errichten. Im September hatten die Deutschen die Schlüsselburg am Ladogasee erreicht. Um verlustreiche Straßenkämpfe zu vermeiden, entschloß sich Hitler, die Stadt über den Winter auszuhungern und dann einzunehmen.

Brot und Zucker wurden rationiert, Strom gab es nur noch wenige Stunden am Tag. Pupkin wehrte sich auf seine Weise. Er schloß Freundschaft mit Tschernomyrdin. Er trat in die Partei ein. Und er hörte Musik. Ja, er war unter den Hörern, als das Radio-Sinfonie-Orchester am 9. November 1941 Beethovens Neunte spielte. Den ganzen Tag hatte es Luftalarm gegeben. Die Musiker mußten sich unter Lebensgefahr zum großen Rundfunksaal durchschlagen. Doch das Konzert begann pünktlich.

»Die ersten zwei Sätze«, notierte Pupkin in sein Tagebuch, »waren tadellos. Doch als der dritte Satz begann, hörten wir das Heulen der Sirenen, fast unmittelbar darauf das Fallen von Bomben in der Nähe und das Krachen der Flak. Das ganze Gebäude bebte. Und der Chor sang ›Freude schöner Götterfunken‹. Nie eindrucksvoller gehört. Die Mehlvorräte in der Stadt, ließ Tschernomyrdin in der Mittagsbesprechung verlauten, reichten noch für vierundzwanzig Tage, die Fleischvorräte für neun Tage. Aber wer braucht Mehl, wenn er Beethoven hat.«

»Das war typisch für ihn«, rief Tante Trudel aus und knallte Rupert ein weiteres Stück Apfeltorte auf den Teller. »Die Deutschen stürzen ihn und seine Familie ins Verderben, und er läßt sich seine Seele mit Beethoven vergiften.«

»Was?« fragte Rupert.

»Auch ein Deutscher, dieser Beethoven«, sagte Tante Trudel. »Iß!«

Rupert verstand Trudels barschen Ton sehr richtig als Einsatzbefehl. Das hier war kein Kaffeekränzchen mehr, das war Kuchenmampfen als Widerstand: gegen die Deutschen, gegen Beethoven, gegen Pupkins Weltabgewandtheit und die ganze unglückselige Geschichte.

Wie viele Museumsangestellte war Pupkin mittlerweile mit Frau und Kind in die bombensicheren Kellerräume der Eremitage gezogen. Als Abteilungsleiter bekam er einen der begehrten Eckplätze. Decken, die er über Schnüre gehängt hatte, gewährten der Familie so etwas wie Privatheit.

Tagsüber hielt er sich in Bewegung, indem er die endlose, düstere, verlassene Pracht der Großen und der Kleinen Eremitage sowie des Winterpalais abschritt und sich einen Überblick über die Schäden verschaffte, die der deutsche Dauerbeschuß angerichtet hatte.

Die Karyatiden, die den Tempelgiebel am Eingang zur Neuen Eremitage trugen, hatten einiges abbekommen. Man hatte sie mit Strohmatten umwickelt, die von den Stützhelden getragen wurden wie primitive Bandagen.

Der Schnee war früh gekommen in diesem Winter, und da einige Fenster zu Bruch gegangen waren und viele der Abdichtungen nicht hielten, breitete sich eine klamme Feuchtigkeit in den Sälen aus, wuchs in den roten Wandbespannungen der Niederländer, setzte sich in den Parkettintarsien des Französischen Saals ab und legte sich als Film über die grünen Marmorböden der Voltaire-Bibliothek.

Der Strom war mittlerweile ganz abgedreht worden. Nur der Schnee warf sein bleiches Licht in die düsteren Festräume, in denen Katharina die Große einst zu Tee und Diskussionen geladen hatte – erotische Ausschweifungen wie etwa am französischen Hof hatte sie nicht geduldet und mit einer rigiden Hausordnung untersagt. Pupkin gefiel diese Mischung aus Macht und philosophischem Ernst.

Kilometer um Kilometer durchmaß er die gespenstische Ödnis des Palastes, vorbei an endlosen Reihen leerer Bilderrahmen, die in die verlassenen ehemaligen Tanzsäle starrten wie blinde Augen und die dem Museum eine spanische, fast wahnsinnige Strenge verliehen.

Ja, wenn Pupkin die verlassene Pracht abschritt, kamen ihm all diese flämischen Flammleistenrahmen und süddeutschen Plattenrahmen, die alpenländischen Schnitzrahmen mit Laubwerk und die Blattgoldrahmen des italienischen Barock, deren Kehlen mit Akanthusblättern belegt waren – sie kamen ihm vor wie blinde Fenster in die Geisterreiche der Kunst, die auf den warteten, der sie öffnen konnte.

Pupkin war abgemagert. Adamsapfel und Nase traten nun gleich stark hervor, und die entzündeten Augen hinter den dicken Brillengläsern lagen wie rote Murmeln in tiefen schwarzen Hautsäcken. In den Kellern hatte man begonnen, Gürtel aufzukochen. Manche kratzten Leimreste von der Rückseite der Rahmen, um Suppe daraus zu bereiten.

Rund zweitausend Menschen drängten sich in den eisigen Lagerkatakomben der Eremitage. Ratten waren selten geworden – sie waren Delikatessen. Die Deckengewölbe schimmerten unter den Ausdünstungen, einem silbernen Film aus Schweiß und Angst und Menschenwärme. Hier unten klangen die Einschläge der deutschen Artillerie dumpf wie fallende Mehlsäcke. »Sie bombardieren uns mit Mehl«, sagte Pupkin übermütig zu seiner Frau. Sie sah ihn kopfschüttelnd an und zwang ihn, drei Löffel Leimsuppe zu essen.

Doch Pupkin hatte aufgehört, seinen Hunger ernst zu nehmen. Am Anfang lag er ihm wie ein Stück Holz im Magen. Tyrannisch und schmerzhaft unterwarf er alle seine Sinne. Pupkin trank geschmolzenen Schnee, um ihn zu betäuben. Der metallene Geschmack verursachte ihm Brechreiz.

Doch dann wurde der Hunger milde und schmiegte sich an, und schließlich war er nicht mehr zu spüren. Pupkin fühlte eine wundersame Leichtigkeit. Er hörte besser, er roch schärfer, er sah genauer. Und eines Tages sah er die farbigen Schatten.

Pausenlos war er im Einsatz gewesen, um mit einer Gruppe von Freiwilligen die gröbsten Schäden seines Museums zu beheben. Es war bei Putzarbeiten im Zeltdach-Saal, als er begann, die Farben zu sehen. Schnee war durch die zerbrochenen Fensterscheiben getrieben, und der Intarsienboden lag unter Dreck und Matsch und Glassplittern.

Pupkin hatte den Sockel einer Stellwand trockengerieben und richtete sich auf, wobei er die gewohnten Schwindelanfälle hatte, und plötzlich sah er in dem wuchtig goldenen Rahmen, der Domenico Fettis »Heilung des heiligen Tobias« umfaßt hatte, die Farben.

Alles war da: das Rot der Toga, die, wie er wußte, dem Engel gehörte, der dem Alten die Augen berührt, um ihn sehend zu machen; da waren das grüne Tuch des Heiligen und der braune Klecks zu seinen Füßen, der Jagdhund und das fahle Gelbblau eines Gewitterhorizonts, der sich – Pupkin kannte das Bild schließlich genau – hinter einem Mauerbruch in die Weite öffnete.

Abends, als er mit seiner Frau hinter dem Deckenverschlag zusammensaß, erzählte er ihr von seiner Entdeckung.

»Farben. Alles voller Farben.«

Sie legte ihm die Hand auf die Stirn und sagte bestimmt: »Du fieberst.«

Doch Pupkin blieb stur. Für die Deutschen, meinte er, seien Farberscheinungen etwas ganz Natürliches. Sie sagen, sie sehen rot, wenn sie sich ärgern, und wenn sie Pessimisten sind, sehen sie schwarz. Manche von ihnen sind sich nicht grün, und einige werden gelb vor Neid. Sie kennen die blaue Stunde.

»Die Deutschen sind eben ein Volk von Malern«, schloß er.

»Und warum greifen sie uns an?« erwiderte sie.

»Darauf wußte er nichts mehr zu sagen«, meinte Trudel. »Aber wahrscheinlich hat er gar nicht zugehört. Wenn er diese Frau nicht gehabt hätte, wäre er sicher schon vorher vor die Hunde gegangen.«

Rupert mampfte Kuchen und träumte vor sich hin. Pupkin war nach seinem Geschmack. Der benutzte seine Sinne, um Übersinnliches zu erleben. Innerlich protestierte er gegen Trudels Tiraden. Aber er hatte Angst, ihr zu widersprechen, und duckte sich über seinen Kuchenteller. Frauen waren wohl so. Kein Gespür für Mystik, für das Abenteuer hinter der Welt, für den Rausch inneren Erlebens.

»Diese Frau hat ihn durchgeschleppt«, sagte Trudel. »Hinter jedem großen Mann steckt eine Frau. Und manchmal eben auch hinter Spinnern wie Pupkin.«

Als Pupkin gegen die Proteste seiner Frau am nächsten Mittag, an der Spitze eines Pulks von Freiwilligen, über die Jordan-Treppe die Ausstellungsräume betrat, sah er die Bescherung. »Heilige Madonna«, murmelte er.

Die Wände glühten und barsten beinahe in ihrer Farbenpracht. Benommen stürzte er von Saal zu Saal. Nie hatte das Gold der russischen Meisterikonen prächtiger gestrahlt. Von den dunklen Gemälden Goyas schimmerten die Gebeine des Gekreuzigten, als sei er eben erst abgenommen worden. Die Niederländer: ein derber Reigen aus Bauernfröhlichkeit und satten Wiesen, aus braunem Holzgeschirr und roten Mützen.

Im Zeltdach-Raum hieß Pupkin die Kolonne dort weitermachen, wo sie am Abend zuvor aufgehört hatte. Unter den ausgemergelten Freiwilligen waren einige Rotarmisten, die tagelang unter Feuer gelegen und Abwehrgeschütze bedient hatten. Sie hatten Urlaub bekommen, um auszuruhen. Statt dessen griffen sie nun zu Eimern und Besen. Sie waren stolz auf die Eremitage. Ihre Eremitage. »Die Kunst«, sagte der Kirgise unter ihnen, der einen neidisch beäugten Schafsmantel trug, »die Kunst gehört schließlich uns allen«, und griff sich einen Lappen.

Nachdem sie einige Stunden gearbeitet hatten, versammelte Pupkin sie unter dem ovalen Rahmen eines Boucher. Er nahm die Brille ab und steckte sie in seine Manteltasche. Er rieb sich die Augen. Dann räusperte er sich und sagte: »Was ihr hier seht, ist nur auf den ersten Blick eine ziemlich alberne Hirtenszene. Ich meine, welcher Hirte trägt schon grüne Schnürhosen, Rüschenhemd und sandfarbenen Samtrock zur Arbeit.«

Die Versammelten starrten entgeistert auf den hellen ovalen Fleck. Zwei Rotarmisten tauschten Bemerkungen aus und grinsten. Der Kirgise kratzte sich verlegen am Kopf.

Doch Pupkin fuhr unbeirrt fort. Er begann, das Bild zu erklären. Er malte es neu mit Worten, er setzte hier einen

Tupfer, dort einen Schatten, komponierte den Hintergrund und verweilte schließlich bei dem Liebespaar im Vordergrund, mit hauchzarten romantischen Pastellworten und frivolen rosafarbenen Andeutungen, dann immer deutlicher, als könne er die Gedanken des Verführers lesen und gäbe keinen Pfifferling für die Galanterie, mit der dieser sein Mädchen zu umgarnen suchte.

»Gleich hat er sie rum«, meinte der Kirgise plötzlich. »Der Junge mit den grünen Hosen.« Pupkin lächelte, als er sah, wie hingerissen die Frauen und Männer auf den Fleck an der Wand starrten. »War'n wahrscheinlich der letzte Schrei damals, grüne Bundhosen.« Alle konnten die Schenkel des Mädchens sehen, die sich unter der pfirsichfarbenen Damastflut ihres Kleides abzeichneten, wie sie hinsank, eine Kristallschale in der rechten Hand, den Arm verschränkt mit dem des Liebhabers.

»Als ob sie Brüderschaft trinken«, sagte einer der Soldaten.

»Mit Brüderschaft gibt der sich nicht zufrieden, Genosse«, sagte ein anderer.

Eine Frau deutete auf das Hündchen, das zu den Füßen der Schäferin ruhte, zwischen rotbackigen Äpfeln und Trauben, die aus einem Picknickkorb quollen. »'n Hirtenhund ist das nicht gerade«, meinte sie schließlich geringschätzig. »Trotzdem ein niedliches Kerlchen.«

»Eine Luft wie über der Newa im Juli«, sagte eine andere verträumt. »Blaue und goldene Fäden. Wie schön der letzte Sommer war. Hoffentlich haben wir bald Frieden.«

Mittlerweile war die Dämmerung hereingebrochen, und bald gab es in dem Riesensaal nur noch Schatten und Stimmen, Erinnerungen und Seufzer und Pupkins Sprachmagie. Mit seinen Worten entzündete er die Phantasie eines jeden einzelnen, sie wurden schließlich zur Palette, mit der sich jeder sein eigenes Bild malte. Irgendwann löste sich die Gruppe auf, und die Freiwilligen begaben sich heiter und friedlich gestimmt in die Kellerräume, nicht ohne Pupkin bewegt die Hand zu drücken.

Von diesem Tag an war es zur Gewohnheit geworden, daß Pupkin die Helfer im Anschluß an die Arbeit mit Führungen belohnte. Nach einer Weile frei schweifender Phantastik, in der er sein Publikum mal mit der Anmut Raffaels, mal mit Caravaggios Lebenslust, mal mit El Grecos dunkler, religiöser Inbrunst zu Tränen rührte, erwog er, eine Art kunsterzieherische Systematik in seine Führungen zu bringen.

Er begann bei den prähistorischen Funden im Erdgeschoß, führte die Prunkspangen der Goldenen Horde vor und arbeitete sich über die Kunst des Schwarzmeerraums bis zur griechischen und römischen Antike vor. Doch bald merkte er, daß sich sein fehlendes Interesse auf seine Hörer übertrug, daß seine Worte blaß und seminaristisch blieben, und er spürte, daß er die zerlumpten, abgemagerten Menschen, die sich um ihn versammelten, mit seinem Kunstwissen kränkte, statt sie mit seiner Kunstliebe zu verzaubern.

Sie hungerten wie er. Viele unter ihnen fieberten. Doch alle waren sie hellsichtig geworden. Er war es ihnen schuldig, das aufzutischen, was ihn selber am meisten sättigte. So beschränkte er sich mehr und mehr auf die Prunkräume, etwa die Italiener der Renaissance oder die Niederländer des Barock, wobei er besonders vor den geheimnisvollen Rembrandts verweilte.

Hier unterlief ihm eines Tages jener verhängnisvolle Fehler, jener Kurzschluß seiner überreizten Nerven, der von den anderen zunächst unbemerkt blieb.

»Aber das war eindeutig der Beginn«, sagte Trudel. »Von da an ist er völlig durchgedreht.«

»Was?« fragte Rupert.

»Diese Farbenspinnerei kam von dem Hunger«, sagte Trudel und schob Rupert ein neues Stück Torte auf den Teller. »Aber bei diesem Rembrandt hat's ›klick‹ gemacht. Da hat er die Taue gekappt und ist in seinen Wahn davongesegelt.«

Pupkin sprach über die späten Porträts, in denen es Rembrandt mehr und mehr um die Tiefenschau ging, um den Charakter der Dargestellten, um eine durchdringende, malerische Wesensanalyse, die sich um bildnerische Details nicht mehr kümmerte.

»Seine Frau war Mitte des Jahrhunderts gestorben«, führte Pupkin aus. Er räusperte sich. »Der große Meister zog mit seiner Magd zusammen, die schlecht wirtschaftete und ihn ruinierte.«

Die Männer unter den Versammelten nickten mitfühlend.

»Er wurde immer grüblerischer«, sagte Pupkin mit schmerzbewegter Stimme. Dann wies er auf einen prächtig geschnitzten Regence-Rahmen, der an der Wand hing: »›Der Mann mit dem Goldhelm‹.«

Pupkin legte eine Pause ein. »Wahrscheinlich handelt es

sich dabei um seinen um zehn Jahre älteren Bruder. Ein typisches Beispiel für die schwermütige Spätphase.«

Mit einer Begeisterung, die selbst für den stets fieberhaft erregten Pupkin unnatürlich war, schilderte er den nachlässig gestalteten dunklen Grund, aus dem das leuchtende Gold um so stärker hervorfunkelte, und philosophierte über die Linienführung, die zugunsten der Farbe zurücktrat, so, als verbeuge sich der Verstand vor dem Gefühl.

»Der Mann mit dem Goldhelm« war Pupkins Lieblings-Rembrandt. Der Fehler allerdings war, daß das Bild nie zu den Beständen der Eremitage gehörte. Es befand sich in Berlin.

Pupkin stellte also ein Gemälde vor, das er stets nur sehnsüchtig in Katalogen angebetet hatte. Ein Erwerb hätte sicher die Krönung der Rembrandt-Sammlung in der Eremitage bedeutet, aber schon seit Jahren waren alle Ankäufe unterblieben. Im Gegenteil: Die Eremitage blutete aus, und mit jedem Stück, das veräußert wurde, blutete auch Pupkin.

Nun hatte er den Rembrandt seiner Sammlung einverleibt. Keiner der Anwesenden hatte irgend etwas bemerkt. Im Gegenteil, alle waren hingerissen von Pupkins Begeisterung, die wie der Durchbruch in eine bisher unentdeckte Schatzkammer war.

Nach und nach tauschte Pupkin nun mangelhafte oder zweitrangige Gemälde gegen seine inneren Sehnsuchtsbilder aus. Er holte einen Tiepolo, der der Münchner Pinakothek gehörte, und er beraubte den Louvre um Anthonis van Dycks »Bildnis Karls I.« Einige Tintorettos, Veroneses und El Grecos »Entkleidung Christi« folgten.

Auf Rembrandts »Anbetung der Drei Könige« nahm Pupkin eines Tages Unschärfen wahr, Übermalungen und Retuschen, die zweifellos von der Hand des Meisters stammten. »Also doch«, murmelte er. Bisher galt das Leningrader Gemälde als Kopie des in Göteborg hängenden Originals.

Pupkin schnaufte erregt, als er vor der nackten Wand stand und sich auf den Absätzen hin- und herwiegte. Er hatte stets eine besondere Intensität gespürt, wenn er das Bild betrachtete. Gerade mit diesem Werk war ihm Rembrandt besonders nah, obwohl das Bild nur als Kopie eines Schülers galt. Nun hatte ihm sein fiebernder Blick die stets nur vermutete Echtheit bestätigt. Er sprach zu niemandem darüber, doch sein Fund sollte später durch neue Restaurationsmethoden, besonders aber durch die Röntgenstrahlenanalyse untermauert werden.

Während der wahnsinnige Pupkin sein Weltmuseum einrichtete, starben die Eingeschlossenen von Leningrad. Wenn Pupkin nachts von seinen rastlosen Wanderungen zurückkam und in die Kellerräume der Eremitage hinunterstieg, flüsterte ihm seine Frau die Namen der Opfer zu. Pupkin hörte kaum hin.

Statt dessen berichtete er fiebernd, welche neue Akquisition er für die Flamen des 17. Jahrhunderts getätigt hatte, und ließ sich geringschätzig über eine Allegorie der sieben Künste von Jean-Baptiste Siméon Chardin aus. »Akademischer Mist«, sagte er. »So tot waren die Künste noch nie wie auf diesem steifen Schinken.« Er würde sich am nächsten Tag davon trennen, vertraute er seiner Frau an. »Da kann man auch durch Nachbesserungen nichts mehr erreichen.«

Tatsächlich war Pupkin in seinem Allmachtswahn dazu übergegangen, an seinen imaginierten Bildern herumzupfuschen. Er brachte Korrekturen an, wo er Fehler in der Komposition oder der Farbgebung zu entdecken meinte, und er nahm auch die großen Meister nicht davon aus. Er zauste den Bart von Renis heiligem Joseph in die Breite, und auf da Vincis »Madonna mit der Blume« hellte er die Lippen der Jungfrau auf, die ihm schon immer als kränklicher, violettschwarzer Strich erschienen. »Als ob sie gerade dunkle Kirschen gegessen hätte«, murmelte er, während er Hand anlegte.

Während Hunger und Entkräftung und Krankheiten die Kellerbewohner in der Eremitage dahinrafften, verbesserte Pupkin Poussin, und er beschäftigte sich tagelang mit der »Bucht von Baja«, einer arkadischen Landschaft von Claude Lorrain. Besser: Er hielt sich in der Bucht auf.

Es war Abend auf dem antikisierenden Idyll, das eine weinüberwucherte ockerfarbene Schloßruine zeigte, an deren Fuß Schafe grasten. Im Vordergrund lagen einige antike Kapitelle im Gras herum, die im letzten Licht aufglühten; ein wenig hügelabwärts war ein junges Paar in Togen in ein zartes Gespräch vertieft. Dahinter, in der Ferne, erstreckte sich die blaßblaue Bucht mit Booten, die die Segel eingezogen hatten.

Pupkin hatte die Säulenfragmente im Vordergrund immer als störend empfunden. Seiner Ansicht nach lenkten sie ab. Er beschloß, zumindest eines der korinthischen Kapitelle wegzunehmen. Eines Tages, als all seine imaginierten Retuschen nichts halfen, krempelte er die Ärmel hoch und wuchtete den Brocken eigenhändig nach links aus dem

Bild heraus. Die beiden Liebesleute schauten aus der Ferne kurz auf und versenkten sich gleich wieder in ihr melancholisches Weltschmerzgespräch.

Als ihm seine Frau freudestrahlend davon erzählte, daß es den Rotarmisten gelungen war, eine Piste über den zugefrorenen Ladogasee zu legen, und daß neue Vorräte eingetroffen waren, nickte er nur. Frauenkram, dachte er sich. Er war zu beschäftigt. Und aus Essen machte er sich nichts.

Kurz vor Weihnachten rollten siebenhundert Tonnen Lebensmittel in die Stadt. In den Kellerräumen wurde gefeiert. Auch Pupkin war aufgekratzt, aber aus anderen Gründen. An diesem Tag war es ihm gelungen, »Mademoiselle Charlotte du Val d'Ognes« zu erwerben. Und das sollte die letzte Steigerung seines Wahns, den entschlossenen Marsch in die innersten Zirkel seines Irrsinnslabyrinths auslösen.

Das Porträt des jungen Mädchens war dem New Yorker Metropolitan Museum 1918 von dem schwerreichen Magnaten Isaac Fletcher aus Maine vermacht worden; es war ohne Signatur, und sein Schöpfer war umstritten. Lange Zeit wurde es Jacques-Louis David zugesprochen. Andere hielten es für ein Werk von Madame Constance Marie Charpentier.

Pupkin hatte das Gemälde in einem Anschaffungskatalog entdeckt, der ihm in den zwanziger Jahren in die Hände gefallen war und der ihn einen guten halben Monatsverdienst gekostet hatte. Einzig und allein wegen des Mädchens hatte er sich auf den Handel eingelassen.

Sie war nicht besonders hübsch. Ihre Nase und ihre Wangenknochen waren eine Idee zu breit, und die volle

Oberlippe gab ihrem Mund etwas schmollend Kindliches. Doch ihr Gesicht, das blonde Korkenzieherlocken umrahmten, war klar und anmutig. Sie trug ein bodenlanges, fließendes Kleid. Auf dem Schoß hatte sie einen Skizzenblock. Ihre Rechte hielt eine Tuschfeder. Sie war eine Künstlerin.

Ihre Augen waren es, die ihn anzogen. Sie ruhten dunkel und unerschütterlich auf dem Betrachter, der an vielen Abenden eben er selber, Pupkin, war. Fast unwirsch schaute sie auf, aus einer verträumten Distanz heraus, von eben dorther, wo sie mit ihrem Sujet eins geworden war, einer Landschaft vielleicht oder einem Porträt.

Sie saß an einem Fenster, dessen untere rechte Scheibe herausgebrochen war. In der Ferne stand ein Bürgerpaar auf einer Brücke oder einem Burggraben, und dahinter sah man den Flügel eines Schlosses. Absolut rätselhaft, dachte sich Pupkin oft. Da draußen war nichts, was die Aufmerksamkeit einer Künstlerin verdient hätte. Was zeichnete das Mädchen? War sie tatsächlich unterbrochen worden, oder wartete sie? Und auf wen? Auf den, den sie zeichnen wollte und der nun endlich angekommen war?

Lange suchte er in Gedanken nach einem geeigneten Platz für das Bild. Mehrmals hängte er es um, bis es seinen endgültigen Ort gefunden hatte, bei den Franzosen im zweiten Stock des Winterpalais, an einer Stellwand im rechten Winkel zu einem Fenster, das sich auf den Schloßplatz öffnete.

Immer seltener beteiligte er sich an den Aufräumarbeiten, die nun vor allem in den Prunkräumen des Winterpalais auf der Newa-Seite nötig geworden waren. Stets stahl er sich nach einigen Minuten durch den Peters- und den Wappensaal, durch die russischen Räume hin zu den Lorrains und Watteaus auf die Rückseite des Palastes, wo auf der Stellwand, die er ganz für sie geräumt hatte, Mademoiselle Charlotte wartete.

Die Führungen hatte er mittlerweile ganz eingestellt, was den Arbeitern und Soldaten recht war, denn seine Monologe klangen immer abgehackter und unsinniger, und sie waren durchsetzt mit Invektiven gegen die »Dämlichkeit« der Breughels oder die »oberflächlich-frömmelnden Italiener mit ihren sinnlichen Madonnen – die sind doch nur ein Vorwand, um nackte Brüste zu malen«.

Manchmal blieb er die ganze Nacht dort oben. In den Kellerräumen tauchte er kaum noch auf. Und wenn, dann nur, um seinen Sohn Aljoscha zu küssen und ihn »mon cher« zu nennen, was seine Frau Irina die Augen verdrehen ließ.

Irgendwann im Frühjahr, als das Eis auf der Newa bereits zu tauen begann und die Leningrader ihre schrundigen Leiber den ersten wärmenden Sonnenstrahlen entgegenhielten, war Pupkin verschwunden.

Die einen meinten, er sei durchgebrannt mit einer Französin – er habe doch nur noch französisch gesprochen. Gerade das werteten andere als Zeichen dafür, daß er völlig durchgeknallt sei. Sie wollen ihn gesehen haben, wie er über das bereits brüchige Eis der Newa hinüber in Richtung Peter-Paul-Festung gerannt sei.

Irgendwann fand eine Putzkolonne im Obergeschoß des Winterpalais, vor einer Stellwand im Franzosenraum, Pupkins Filzmantel. Er lag direkt unter einem einzelnen anmutig schlanken, vergoldeten Rahmen. Eine Bäuerin aus der Umgebung nahm den Mantel mit und nähte zwei daraus für ihre Kinder.

»Eine Million Menschen kamen bei der deutschen Belagerung von Leningrad ums Leben«, rief Tante Trudel aus. »Ob einer davon Pupkin war, konnten wir nie ermitteln.«

Nachdenklich betrachtete Rupert den Kunstdruck, der das Mädchen in Weiß zeigte. Mademoiselle d'Ognes schaute auf, und um ihre Lippen nahm er nun ein leises Lächeln wahr, das ihm vorher nie aufgefallen war: das erleichterte Lächeln einer Wartenden, die endlich erlöst worden war. Rupert ahnte, wohin Pupkin verschwunden war. Er war tatsächlich auf der anderen Seite.

»Er hat's geschafft«, murmelte er.

»Was?« fragte Trudel.

Rupert, der Erbe

Was?«

»Kämpfen!«

»Was?«

»Wehr dich, du Idiot!«

Bammbamm, bammbamm. Aus dem Blubbern seines inneren Maschinenraums heraus sah Rupert Carlos' aufgerissenen Mund und die wirren Locken über seinen Augen, sah ihn die Arme ausbreiten, während Kleiber wie ein wahnsinniger Dschungelkrieger auf ihn eindrosch.

Rupert schwitzte vor Angst. Und wenn er Angst hatte, hörte er nichts – was die Angst noch verstärkte. Normalerweise schreckte er genau in solchen Momenten aus seinen Träumen hoch. Aber das hier lief weiter. Es war kein Traum, sondern der zweite und letzte Drehtag des Films »Die nasalen Kreaturen von Trenton«.

Sie hatten das Loft leergeräumt für diese Szene. Das heißt, sie hatten die Matratzen hochkant gestellt und die Guevara- und Vietcong-Poster von den Wäscheleinen geholt, die kreuz und quer durch den Riesenraum gespannt waren. Und dann hatten sie alle LSD eingeworfen, die Doors aufgelegt und sich in die Arbeit gestürzt. Jim Morrison sang *Break on thru' to the other side*.

Es ging um die Entscheidungsschlacht zwischen Außerirdischen und Cheeseburgern. Die Außerirdischen wurden von dem Konzern »Pizza und Petroleum« gesteuert, die

Cheeseburger von Nixon – es gab keine Partei in dem Streifen, mit der sich ein normaler Mensch identifizieren konnte. Ruperts Bauchpaket (Cheeseburger) war so präpariert, daß verschiedene Flüssigkeiten rausblubberten, die entfernt an geschmolzenen Käse und Ketchup erinnerten, wann immer die Außerirdischen (Kleiber) mit langen Plastikmessern zustachen.

Wegen dem LSD fanden sie das alles sehr lebensecht, und Rupert hatte tatsächlich mehrmals eine Heidenangst, daß er verblutete. Am nächsten Tag war ihm die Sache peinlich, und er legte sich ein paar witzige Antworten zurecht für die Reporter, die ihn nach der Oscar-Verleihung in die Mangel nehmen und nach Jugendsünden wie dieser fragen würden. »›Die nasalen Kreaturen‹? Ah ja…«, hier würde er lächeln, »wir haben damals mit neokulinarischen Formen experimentiert.«

Immerhin, er war im Geschäft. Alle waren in diesen Zeiten im Geschäft.

Er war am Washington Square auf Carlos und Kleiber gestoßen, die dort, unter dem Triumphbogen, ein experimentelles marxistisches Theaterstück aufführten. Das Publikum bestand aus Pot rauchenden, vor sich hintierenden, knutschenden, Gitarre spielenden, »Wow« rufenden Hippies, und das Stück handelte von kubanischen Bauern, die die Freiheitsstatue mit Eiern bewarfen.

Carlos spielte die Bauern, Kleiber die Freiheitsgöttin. Irgendwann hatte sich Kleiber weggeduckt, und Rupert, bekifft und verträumt in der rauschenden Brandung zwischen seinen Schläfen, hatte das Geschoß abgekriegt. Blobb! Dann glitschte der Dotterschleim die Knopfleiste seines mokkavioletten Paisley-Hemdes herab. Ein paar Irre lachten und deuteten auf ihn und sagten: »Dada!«

Alles, was Carlos und Kleiber aufführten, hatte mit Essensferkeleien zu tun, was Rupert für sie einnahm. Nach der jahrelangen Kochfolter durch seine Mutter fand er den Gedanken naheliegend, daß Essen dazu da war, um damit um sich zu schmeißen.

Während er dastand und entgeistert auf sein verschleimtes Hemd starrte, trat ein weißgekleidetes Mädchen in Sandalen auf ihn zu und wischte ihm die Schweinerei mit einem violetten Tuch ab. Ihre Locken waren mit einem indianischen Stirnband gezähmt. Blaue schrägstehende Augen strahlten ihn an.

»Mary?« fragte er. »Mary Sandborne aus Rockaway?«

»Peace«, hauchte das Mädchen und verschwand wieder in dem Irrenhaufen am Brunnen. Während Rupert noch über die vielen blonden und ganz offensichtlich verrückten Indianermädchen nachdachte, die den Washington Square in diesen Tagen bevölkerten, machte es wieder »patsch« auf seiner Hemdbrust.

»Achtung!« brüllte Carlos und »Reih dich ein, Genosse!«, und kurz darauf war auch Rupert ein kubanischer Bauer und schmiß mit Eiern.

Carlos' Eltern waren aus Jamaika eingewandert und betrieben einen Gemüseladen in Spanish Harlem. Er baute sein eigenes Gemüse an, eine Marihuanasorte, die unter dem Handelsnamen »Carlos High« von den Eingeweihten im Village geraucht und geschätzt wurde.

Kleiber, ein Jude aus Brooklyn, nannte sich nur so, weil er den Dirigenten Carlos Kleiber kultisch verehrte, und er zog mit Carlos vor allem deshalb zusammen, weil sich ihre Namen gemeinsam zu dem seines Gottes fügten – er nannte seine Beziehung zu seinem Wohngenossen gern »Schicksalsgemeinschaft«.

Es war in den frühen siebziger Jahren, als Rupert zu ihnen nach SoHo zog, lange bevor SoHo unerschwinglich wurde und Lofts tatsächlich noch nach Fabriketagen aussahen, die schwer beheizbar und mit Sofas vom Sperrmüll möbliert waren. Sie nannten sich Marxisten, was bedeutete, daß sie für die Vergesellschaftung des Reichtums derjenigen eintraten, die ihn nicht freiwillig abtreten wollten. Ihr Collegestudium bewahrte sie davor, als letztes Aufgebot in den bereits verlorenen Krieg nach Vietnam geschickt zu werden, und ein Jahr später wurde die Militärpflicht ohnehin aufgehoben.

Und jetzt drehten sie den Film »Die nasalen Kreaturen von Trenton«, mit einem Darlehen, das von Tante Trudel stammte.

Die Zeiten hatten sich geändert, schon einige Jahre bevor Rupert nach Manhattan gezogen war. Im Regency in Rockaway liefen plötzlich Filme wie »Die Reifeprüfung«, in dem es um einen Collegeabgänger ging, der die Welt seiner Eltern verachtete. Für die Kritiker war es ein Film über den Kampf der Generationen. Für Rupert war er in erster Linie der Beweis, daß auch kleinwüchsige Schauspieler zu Starruhm gelangen konnten und Frauen in Bikinis anfassen durften.

Schon damals begann Ruperts Mutter zu verzagen. Ihre Klavierschüler hatten plötzlich lange Haare und wollten ihre Tonleitern nicht mehr nach dem »Czerny« klimpern, sondern »improvisieren«. Im übrigen wurde es immer schwerer, Schüler zu rekrutieren. Die meisten Jugendlichen wollten nun Gitarre lernen.

Selbst Rupert hatte sich eine gebrauchte Fender zugelegt und übte Songs von Simon & Garfunkel ein. Während Sneaky und Pete zu ersten Handreichungen in der Autowerkstatt ihres Vaters herangezogen wurden, traf sich Rupert mit Freunden am Strand, um Gitarre zu spielen, merkwürdige Zigaretten zu rauchen und über französische Schriftsteller zu diskutieren, und zwar ganz besonders über die Frage, ob das Leben absurd sei, weil es mit dem Tod endet.

Rupert verstand zwar nicht, warum ein Leben, das nicht mit dem Tod endet, weniger absurd sein sollte – sein eigenes Leben erschien ihm grenzenlos, und grenzenlos absurd –, aber er sah ein, daß er keine Chance bei Mary Sandborne hatte, und das schmerzte genug. Mary hatte sich die Haare vorübergehend rot gefärbt, trug ein ärmelloses Batik-Unterhemd und wich Nick, einem Baßgitarristen mit Stupsnase, nicht von der Seite. Natürlich mochte sie Rupert nach wie vor, aber sie hatte sich an ihn gewöhnt wie an ihr vergessenes Fahrrad im Keller – es war da, und es blieb unbeachtet.

Da Rupert seine Mutter respektierte, ersparte er ihr, daß sie in diese konfusen Diskussionen einbezogen wurde. Er ahnte, daß es mit ihrer Welt vorbei war und mit den dunklen Möbeln, der Welt der Oper, den Truman-Porträts, der Angst vor den Russen, dem elektrischen Tannenbaum in Rotweißblau.

Die neue Ära war eine der Außenseiter, der Ruperts, der

zu Kleinen, zu Dünnen, zu Dicken, der Sensiblen und Träumer dieser Welt. Die Ideale hatten sich geändert. Nun zählte nicht mehr, wie viele Liegestützen einer zustande brachte, sondern wie phantasievoll er sich im Sportunterricht davor drücken konnte.

Immer öfter fuhr Rupert nun rüber zur Tante ins Village. Er nahm den Long Island Express bis zur Penn-Station, stieg dort um in den R-Train zum Times Square und fuhr mit dem C-Train ein paar Stationen, um am Washington Square wieder aufzutauchen, wo er jedesmal das Gefühl hatte, daß er auf einem anderen Planeten gelandet war.

Die Bewohner dieses Planeten saßen am Brunnen in der Sonne, spielten Gitarre, trugen Brillen mit runden roten Gläsern, rauchten Marihuana und wollten die Menschheit beglücken: Jeder sollte von nun an eine runde rote Brille und eine Gitarre besitzen.

Für den Rest des Landes war Lyndon B. Johnson der Präsident. Im Village dagegen waren es wahlweise Mister Spock, Ziggy Stardust oder Mao Tse-tung. Tante Trudel mochte die Jungen. »Das Village war schon immer der Platz für Einwanderer«, sagte sie. »Früher kamen sie aus Europa. Heute kommen sie vom Mars. Wo ist der Unterschied?«

Trudel war das genaue Gegenteil seiner Eltern. Sie war sonnig und laut, sie schwatzte unaufhörlich, und sie kochte die besten Spaghetti, die Rupert je gegessen hatte. Als Ruperts Vater starb, war sie es, die ihn tröstete. Seine Mutter versank noch tiefer in ihre Schwermut, in die sich jetzt Bitterkeit darüber mischte, daß sie nun immer größere Berge ungenießbaren Essens in der Küche herumstehen hatte.

Tante Trudel versicherte Rupert, daß der Tod ihres

Neffen für alle das Beste sei. »Herbert hatte doch sowieso nichts vom Leben. Wer will heutzutage schon korrekt sprechen lernen, wenn er dafür aufs Kaugummikauen verzichten muß.« Trudel war in allem sehr praktisch veranlagt und half Rupert damit über den Verlust hinweg.

Sie war bereits bei Ruperts Geburt hochbetagt. Von Anfang an hatte sie ihn ins Herz geschlossen und, was noch wichtiger war, testamentarisch zum Erben bestimmt, »sollte sie einmal nicht mehr sein«, wie sie es nannte.

Ihr rotes Ziegelhaus im Village lag dort, wo die engen Straßen und geduckten, renovierten Scheunen tatsächlich noch an die Zeit erinnerten, als das Village das Dorf war, in das sich Manhattans müde Stadtbewohner zur Sommerfrische flüchteten.

In ihrem Garten gab es drei Apfelbäume und einen Pflaumenbaum, und wenn Erntezeit war, half Rupert pflücken. Er stieg nicht gerade auf den Baum, weil er Höhenangst hatte und bereits ziemlich schwer und unbeweglich war, aber er schüttelte an den Ästen und las die Früchte auf, die von allein heruntergefallen waren. Er fand diesen Vorgang schön und höchst metaphorisch. Rupert liebte Tante Trudel über alles, aber er war, nicht zuletzt durch ihren Einfluß, sehr praktisch und unsentimental veranlagt, was ihr Erbe anging.

Unter seinen Freunden am Washington Square war Rupert einer von vielen. Auf der High-School in Rockaway dagegen galt er als »schwierig« und »exzentrisch«, und in einem Halbjahr schaffte er einen Notendurchschnitt von null Punkten, was als Gipfel der Leistungsverweigerung, als einmaliger Höhepunkt des Nichterreichens in die

Schulgeschichte einging. Dabei war es nicht Faulheit, die Rupert zur Erfolglosigkeit verdammte, sondern die Inkompatibilität des Systems mit einem zur Konsequenz entschlossenen Genie.

Rupert hatte sich auf verquere Weise die Eigenart seines Vaters zu eigen gemacht, die darin bestand, Fragen nicht zu beantworten, sondern sie selber zum Gegenstand der Kritik zu machen. In Mathematikarbeiten reichte er nicht etwa die geforderten Formelreihen und Lösungswege ein, sondern längliche philosophische Traktate über das Wesen der Unschärfe und Kants Erkenntnis, daß Erkenntnis an sich nicht möglich sei.

Es war der neue Philosophielehrer, ein junger Existentialist mit schwarzem Pulli und Kinnbart, der in Rupert die besondere Begabung erkannte. Ruperts Essay über die »Definition eines Intellektuellen« benotete er mit »sehr gut«. Statt der erwarteten Lehrbuchantwort, die Bezug auf die in der Klasse besprochenen Denker zu nehmen hatte, lieferte Rupert Umfrageergebnisse ab.

Er war losgezogen in Rockaway und hatte rund um die Texaco-Tankstelle Leute interviewt. Er fühlte sich dabei wie ein Zeitreisender, der wieder im Ort seiner Kindheit gelandet war. Alles hatte sich verändert. Was ein Intellektueller ist?

»Kommunisten.«

»Leute, die Raumschiffe reparieren.«

»Adlai Stevenson.«

»Cary Grant in ›Leoparden küßt man nicht‹ – da trägt er 'ne Brille.«

»Leute, die lieber zu Hause bleiben, statt zu arbeiten.«

»Meteorologen.«

»Typen, die bei dieser verrückten Loretta einkaufen gehen, Penner wie du, mein Junge!«

Seinen Umfrageergebnissen hatte Rupert eine Kopie des Briefes von J. Edgar Hoover beigefügt sowie eine Anzahl von unterbelichteten Fotos, die er im Wohnzimmer seines Elternhauses vor der dunklen Plattenkommode gemacht hatte. Sein Lehrer schrieb unter die Zensur: »Geben Sie dem System ab und zu die Möglichkeit zu funktionieren.«

Da Rupert nach der High-School ohnehin nach Manhattan, auf die goldene Indianerinsel, ziehen wollte, gab seine Mutter schließlich dem Drängen ihrer Schwester in Chicago nach und siedelte zu ihr über. Rupert schrieb sich für die Filmklasse der New York University ein. Kurz darauf traf er Carlos und Kleiber und zog zu ihnen.

Wäre Tante Trudel in seinem Alter gewesen, hätte sie Glockenhosen getragen und keinen BH. Sie saß vor ihrem Fernseher und schaute sich die Mondlandung und die Vietnamdemonstrationen an und spielte die Beatles auf ihrem Plattenspieler.

»Man müßte noch mal sechzehn sein«, rief sie verzückt, was Rupert einen leisen Stich versetzte – er arbeitete gerade an einer Rockoper, die mit Trudels Erbe produziert werden sollte. Und die Voraussetzung dafür war, daß Trudel eben genau nicht mehr sechzehn war.

In seiner Rockoper ging es um einen kleinwüchsigen taubstummen Astronauten, der wahnsinnig gut Flipper spielt.

»Das mit dem taubstummen Flipperspieler gibt's schon«, sagte Carlos, als er ihm von der Idee erzählte.

»Ach wirklich?« erwiderte Rupert. »Na ja, das Thema liegt ja auch in der Luft.«

Von den dreien war Rupert der friedfertigste. Er las in *Das Kapital* von Marx besonders gern die Stellen, in denen es um die »Coupon-Abschneider« ging, um Aktionäre und Erben, um die Parasiten, die ihr Leben in Saus und Braus verbringen, während die Proleten schuften. Rupert hatte den dritten Weg zwischen Kapitalismus und Kommunismus schon längst gefunden. Er hieß: die Umverteilung des Reichtums zwischen den Generationen. Kurz: Tante Trudel.

Tante Trudel war fünfundneunzig geworden, und während Kleiber sich als Kleindarsteller und Feierabendzauberer das Kapital für den Druck seiner Flugblätter verdiente und Carlos im Gemüserausch die Weltrevolution ausrief, besuchte Rupert die Schauspielklasse der NYU und wurde in den Studentenproduktionen in Nebenrollen eingesetzt. Im »Hamlet« spielte er den Rosenkranz und in »Richard III.« den Buckingham.

Auf die Hauptrollen waren Typen wie Greg abonniert, der aussah wie ein Gott und die Instinkte eines afrikanischen Stachelschweins hatte. Aus irgendeinem Grunde, so hatte Rupert einmal gelesen, waren afrikanische Stachelschweine die triebstärksten und hinterhältigsten Arterhaltungskünstler der afrikanischen Savanne.

Rupert spielte seine Nebenparts, und er nahm sie ernst, aber er hatte stets das Gefühl, nur Gast zu sein in dem Leben, das er führte. Schließlich gab es diese Verheißung, die Tante Trudel hieß und die sein Leben schlagartig veränderte, wenn sie Wirklichkeit werden würde.

So studierte er und diskutierte und übte *All along the watchtower* von Jimi Hendrix auf der Gitarre, und er wartete. Das Warten war eine Art Meditation. Er wurde manchmal richtig andächtig dabei. In Gedanken zelebrierte er schon den Trauergottesdienst für Tante Trudel. Dann legte er Verdis *Requiem* auf, dachte an die Vergeblichkeit alles menschlichen Trachtens und überlegte, ob IBM ein sicheres Wertpapier sei.

Natürlich vergaß er nie, Tante Trudel in regelmäßigen Abständen zu besuchen, um ihr in Erinnerung zu rufen, daß er ihr Lieblingsneffe sei. Im Herbst half er, die Pflaumen in ihrem Garten aufzulesen, die von alleine von den Bäumen gefallen waren, und er meditierte ausgiebig über den philosophischen Aspekt dieser Tätigkeit.

»Wer wartet, wird belohnt«, sagte er, wenn er ins Loft zurückkehrte, und er war sich nicht sicher, ob er das in der Bibel oder in der *Business Week* gelesen hatte, die er sich regelmäßig im Lesesaal der Uni anschaute, um sich über Anlagemöglichkeiten auf dem laufenden zu halten.

Rupert nannte seinen passiven Weg »die sanfte Revolution«, die ohne Generalstreiks und Bewaffnung der Arbeiterklasse auskam, welche es im klassischen Sinn ja ohnehin nicht mehr gab. Alles war Mittelstand, und der zerfiel in diejenigen, die es während des Booms der fünfziger Jahre zu Wohlstand gebracht hatten, und in deren Kinder, eine knisternde revolutionäre Situation, von der sich Marx, wie Rupert zu betonen nie müde wurde, noch keine Vorstellung hatte machen können.

»Es wird eine gigantische Umverteilung des ausbeuterisch erwirtschafteten Reichtums auf eine friedfertige Generation geben, die von ihren Ellenbogen keinen Gebrauch machen muß«, prophezeite Rupert im Loft, und Carlos wirbelte seine Rasta-Locken und rief »Venceremos«.

Rupert konnte stundenlang über die von ihm entwickelte Gesellschaftstheorie philosophieren, und manchmal bedauerte er insgeheim, daß er nicht auf der Ladefläche eines LKW stand und sich an russische Proletarier wandte, sondern nur an anderthalb bekiffte Studenten: »Wir werden aus dem schmutzig erwirtschafteten Geld gutes Geld machen, indem wir es in Form ökologisch wertvoller Naturnahrungsmittel verzehren, ohne irgendjemanden auszubeuten.«

Auf Lenins Frage »Was tun?« antwortete Rupert auf die stille, fanatische Schildkrötenart: »Abwarten und Aussitzen!« In der Zwischenzeit übte er Hendrix' *All along the watchtower* und spielte Verdis *Requiem* und Mozarts *Missa solemnis* und überhaupt jede Trauermusik, die er auftreiben konnte.

Ruperts »dritter Weg« war in den Jahren, die er mit Carlos und Kleiber im Loft verbrachte, zu einer Religion geworden, der er sich neben seinen Schauspielstudien nahezu ausschließlich widmete. *All along the watchtower* konnte er bald aus dem Effeff.

Der Obstgarten seiner Tante war nicht mehr ein einfacher Obstgarten, sondern eine wertvolle Bauparzelle in bester Lage, und die Verheißung, die über seiner Kindheit und Jugend erstrahlte, war nicht mehr nur eine Zukunftsvision – er konnte das gelobte Land schon schimmern sehen.

Er hatte seine Schauspielstudien beendet und wartete

auf Engagements und hielt sich mit Reklameproduktionen über Wasser. Nebenher machte er den Taxischein und jobbte eine Zeitlang bei Sotheby's. All das warf zwar nicht sehr viel ab, aber schließlich war er seit der frühen Kindheit an Entbehrungen gewöhnt.

Nebenher las er regelmäßig die Immobilienseite des *Village Dispatcher*, den er abonniert hatte. Wenn er seine Tante besuchte, sagte sie zu ihm: »Du bist alles, was ich habe.«

»Und du bist alles, was ich habe, Tante«, sagte er dann prompt, und er legte viel Wärme in seine Stimme.

Wenn er nun die Apfelbäume in ihrem Garten blühen sah, betrachtete er sie mit einer gewissen Wehmut – sie blühten vielleicht zum letzten Mal, ja eigentlich gab es sie schon gar nicht mehr, denn sie standen auf Bauerwartungsland, und die Spekulanten lauerten schon darauf, das alles – gegen einen dicken Scheck selbstverständlich – in einen Parkplatz, ein Luxuspenthouse oder in einen teuren Modeladen zu verwandeln. Trudels Bäumchen trieben ihre Blütenpracht bereits mit geliehenem Leben!

Rupert war in den Jahren geduldigen Wartens vergeistigt. Seine Haare hatten sich früh gelichtet, und in seinem Blick lag der zu fanatischer Gewaltfreiheit gesteigerte passive Widerstand.

Seine Tante besuchte er nun fast täglich. Sie hatte ihm zwar versichert, daß sie ihr Testament zu seinen Gunsten bereits abgefaßt hatte, aber da sie zunehmend sonderbar wurde, traute ihr Rupert ohne weiteres zu, neue, andere Letzte Willen zu schreiben, als mechanischen Zeitvertreib, so wie andere Alte Kreuzworträtsel lösten. Da Trudels

Kurzzeitgedächtnis nachließ und Ruperts Existenz praktisch komplett in diese Kurzzeit fiel, fühlte er sich verpflichtet, sie ständig neu an ihn zu erinnern.

Tatsächlich fiel ihr sein Name stets nach einigen Stunden wieder ein, und dann sagte sie: »Du bist alles, was ich habe.« Und zum Abschied durfte er zwei große Plastiktüten mit kleinen verschrumpelten, wurmstichigen Äpfeln aus ihrem Garten mitnehmen, der eigentlich bereits sein Garten war. Er begann, Äpfel zu hassen.

Rupert wurde zum Sonderling. Er hatte seine Ecke des Lofts mit Blaupausen der Stadtplanungskommission tapeziert, er schraffierte Neuzugänge wie Bürokomplexe und Penthousewohnungen, und bald war der Obstgarten der Tante von blauen und roten Rasterflächen umzingelt. Die weiße Fläche in der Mitte war durch ein Apfelbäumchen gekennzeichnet. Seine Tante marschierte stramm auf die Hundert zu.

Rupert kannte sämtliche Verwaltungsvorschriften und war absoluter Spezialist für Erbrecht geworden. Da einige seiner Freunde geerbt hatten und mithin in den von Marx porträtierten Berufsstand der Parasiten und Coupon-Abschneider eingetreten waren, hatten sie eine Vielzahl von Problemen, die Rupert besser als jeder Anlageberater für sie lösen konnte. Da er der Erbenbewegung verpflichtet war, der »sanften Revolution«, wie er sie nannte, waren seine Beratungen kostenlos.

Die Kunst des Wartens hatte er zur Meisterschaft perfektioniert. Er annoncierte einen Kurs in der *Village Voice*, den er »Herumhängen – mit Stil« nannte. Er versprach den Kursteilnehmern »Herumhängen für Nachtschwärmer,

einen Drink im J. P.'s, einen prominenten Überraschungsgast im Nuyorican, einen Sonnenaufgang an der East Side«.

Er hatte die Annonce unter Einfluß von Carlos' Marihuana verfaßt und völlig vergessen, bis eines Tages die An-
zeigenfrau der *Village Voice* anrief und fragte, wann er
seine Post abzuholen gedenke.

Es waren einhundertvier Briefe. Sie kamen aus Manhattan, New Jersey, Connecticut. Sie waren von pensionierten
Flugkapitänen verfaßt, von Sekretärinnen und Ehepaaren
aus Long Island, die alle von dem vagen Gefühl getrieben
waren, etwas Versäumtes nachholen zu müssen: Draußen
hatte sich die Welt verändert, eine neue Ära war angebro-
chen, eine neue Sprache hatte sich etabliert. Den Grand
Canyon hatten sie gesehen – nun wollten sie das Neue Be-
wußtsein kennenlernen.

Rupert teilte die Bewerbungen in vier Haufen, in harte,
schwere, katastrophale und unmögliche Fälle. Dann stellte
er eine Mischung zusammen und zog mit einer Truppe von
fünfundzwanzig Bewerbern ins Village. Jeden seiner Kursteilnehmer hatte er verpflichtet, einen Marilyn-Monroe-
Button zu tragen, um sie nicht im Gewühl zu verlieren.
Seine Arrangements hatte er so unbequem und abweisend
wie möglich getroffen. Er rechnete stark mit negativer
Mundpropaganda. »Einmal und nie wieder«, sagte er sich.

Die Tour begann mit einem Hard-Rock-Konzert an der
14. Straße und setzte sich fort mit mehreren undefinierba-
ren, stark alkoholhaltigen Drinks im J. P.'s. Erwartungs-
gemäß löste er dort, in der schwarzgepinselten Höhle, die
von Kokainschnupfern bevölkert war, eine allgemeine Pa-
ranoia aus. Die Drogenirren starrten entgeistert auf Ru-

perts Reisegruppe, die haargenau so aussah wie Nixons Kernwählerschaft.

Während sich die grauhaarigen Männer und Frauen mit Schmetterlingsbrillen auf den Bänken aus Maschendraht niederließen, verschwand die Band durch den Hintereingang, doch Rupert behielt seine lächelnde Contenance bei, weil er selbst bereits viel zu stoned war, um zu begreifen, was vor sich ging. Schließlich zog die Truppe weiter ins Nuyorican auf der East Side, wo sie dann prompt der prominente Überraschungsgast in Gestalt von Carlos erwartete.

Rupert, der ein gewissenhafter Mensch war, fühlte, daß das auch ganz in Ordnung war. Die Wahrscheinlichkeit, daß man einen wirklichen Prominenten, sagen wir Liz Taylor, dazu bringen könnte, morgens um vier mit einer Horde fremder Menschen auf der Lower East Side zu frühstücken, war schließlich so gut wie null.

Rupert stellte also Carlos als jüngeren Bruder von Jimi Hendrix vor, und da er die Kursteilnehmer verpflichtet hatte, neben den Buttons auch dunkle Sonnenbrillen zu tragen, und da ohnehin alle schon ziemlich hinüber waren, mußte Carlos am laufenden Band Autogramme geben.

Anschließend saß die zerfledderte Truppe frierend auf einem Dock an der East Side und harrte des Sonnenaufgangs, während Rupert einen Vortrag über die Kunst des Wartens hielt, den er mit Passagen aus Enver Hodschas Werk und den Reden des Südseehäuptlings Papalagi aufgemotzt hatte. Er wurde dreimal von Streife fahrenden Polizisten aufgefordert, seine Papiere zu zeigen, und die Reisetruppe wurde mit Stablampen in den Augen geblendet, was alle »abenteuerlich« und »spannend« und »typisch New York City« fanden.

Die Anfragen nach seinen Touren kamen nun wie eine Lawine. Rupert setzte sich mit Carlos' Flugblattdrucker in Verbindung und entwarf einen Formbrief, in dem er den Interessenten mitteilte, daß das Herumhängen kraft einer neuen Verordnung leider illegal geworden sei, aber da das ganze Leben letztlich aus Herumhängen bestünde, könne man die Kunst genausogut in den eigenen vier Wänden praktizieren, was er, Rupert, nun vorhabe und darin nicht weiter gestört werden wolle.

Eines Tages kam Rupert kreidebleich ins Loft gestürzt. Carlos, der seinen entsetzten Blick sah und selber zur Nervosität neigte, griff unter seine Matratze und raste mit dem Plastikbeutel, in dem er sein Marihuana aufbewahrte, zum Klo, um für die offenbar bevorstehende Razzia alle Belastungsmittel zu vernichten. Kleiber setzte sein »Nur-über-meinen-Anwalt«-Gesicht auf und grinste lässig. Doch Rupert brüllte nicht »Polizei!«, sondern: »Rüstig ins nächste Jahrtausend!«

Er schwenkte eine Zeitung. Es war der *Village Dispatcher*. Auf dem Foto der Titelseite saß Ruperts Tante, schlohweiß, faltig und lachend vor ihrem Haus unter einem Apfelbaum. Darunter die Zeile: »Rüstig ins nächste Jahrtausend.« Sie war hundert Jahre alt geworden, und nach Ansicht der sie besuchenden Reporterin ein Beispiel an »Gesundheit und Tatkraft«.

Die drei Wohngenossen setzten sich zusammen, rauchten Carlos' Gemüse, und Kleiber legte Mozarts *Waisenhaus*-Messe auf, natürlich von Kleiber dirigiert. Sie saßen dort wie Trauergäste, und der Umtrauerte murmelte: »Rüstig ins nächste Jahrtausend.«

Rupert sah zunehmend schlechter aus. Er hatte die Selbsthilfegruppe »AE« ins Leben gerufen, die »Anonymen Erben«, die sich jeden Donnerstag im Gemeindesaal der Christian Science Church traf. »Du weißt ja gar nicht«, sagte er zu Carlos, »wieviel Elend verursacht wird durch Menschen, die sich nicht an den Generationenvertrag halten.«

Der Generationenvertrag sah eine durchschnittliche Lebensdauer von fünfundsiebzig Jahren vor. Alles, was darüber hinausging, war Ruperts Ansicht nach konterrevolutionär – im Sinne der sanften Revolution, die er mittlerweile zu einem umfangreichen theoretischen System ausgebaut hatte. Sein philosophischer Traktat »Erben – der Weg ins Licht« und die Polemik »Erb oder sterb« kursierten unter den AEs als Bibeln, und er wurde als Guru verehrt.

Ruperts Großtante starb zwei Jahre später. Sie war beim Einkochen ihrer berüchtigten Apfelmarmelade gestolpert und hatte den Topf vom Feuer gerissen. Zunächst war ein Vorhang in Flammen aufgegangen, dann Ruperts Tante und schließlich das ganze Haus.

Bei der Testamentseröffnung stellte sich heraus, daß Trudel kaum noch einen Pfennig besaß. Den müden Rest hatte sie dem Verein HOgI/S+P (»Halbwüchsige Opfer gemeiner Idioten/Sneaky und Pete«) vermacht. Da ein solcher Verein nicht in den offiziellen Registern der Stadt geführt wurde, ging Trudels dahingeschmolzener Reichtum an das städtische Tierasyl.

Rupert, der sein Leben sozusagen in der Warteschleife eingerichtet hatte, sah sich seiner Identität als Wartender, seines Schildkrötendaseins von einem Tag auf den anderen beraubt und erlitt einen Zusammenbruch.

Es schien eine Familientradition zu sein, daß sich seine Verwandten plötzlich in Nichts auflösten. Trudel dramatisch, sein Vater still und Großonkel Pupkin mit einem entschlossenen Sprung.

Rupert und die Auktion

Rupert hatte eine Pechsträhne. Tante Trudels Erbe wurde von Straßenkötern verfressen, Jimi Hendrix war tot, Präsident Jimmy Carter boykottierte die Olympischen Spiele in Moskau, und das Loft in SoHo war vom Wohnungseigentümer an einen Galeristen verkauft worden. Die Zeiten waren eindeutig gegen die neuen Freiheiten, und die Freiheitskämpfer mit den Stirnbändern zogen sich vor der Konterrevolution in die Etappe zurück.

Carlos kehrte heim zu seinen Eltern, die über ihrem Gemüseladen reichlich Platz hatten, und Kleiber deponierte sich und seine Kleiber-Sammlung bei einer neuen Freundin, die einem geregelten Beruf als Rezeptionistin bei einem großen Verlag nachging. Das hatte ihn am meisten an ihr gereizt. Sie war finanziell unabhängig, und er war tagsüber ungestört.

Rupert hatte das Apartment einer Bekannten am oberen Broadway übernommen, die kurzfristig geheiratet hatte und mit ihrem Mann, einem Korrespondenten des *Wallstreet Journal*, nach London gezogen war. Sie wollte ihr Apartment nur untervermieten und auf keinen Fall verkaufen, aus »Sicherheitsgründen«, denn die Scheidungsrate entwickelte sich in den frühen Siebzigern gegenläufig zum Dow-Jones-Index – sie explodierte.

Rupert hatte sich in seinem neuen Apartment regelrecht verbunkert. Anfangs hatte er noch die Nachbarschaft er-

kundet und hatte die Nähe zur Met und zu ihrem Plattenladen ausgiebig genutzt, um nach seltenen Verdi-Ein-
spielungen zu stöbern.

Mit Wang Bang, der den Delikatessenladen im Erdgeschoß führte, hatte er eine Art Freundschaft geschlossen.
Er hatte sich sogar, auf Wangs Anraten, einen Hamster zugelegt. Nach der buddhistischen Inkarnationslehre war es
nicht unwahrscheinlich, daß Tante Trudel in Hamster-
gestalt wiedergeboren wurde. Pures Karma. Schließlich
würde sie auf diese Art lernen, was »Sammeln und Vor-
ratswirtschaft« bedeute.

Er hatte Tante Trudel in einem Käfig auf einer krumm-
beinigen Kommode aus Walnußholz untergebracht, die er
mit der Wohnung übernommen hatte. Nicht ohne Scha-
denfreude beobachtete er sie in ihrem Laufrad, wie sie un-
ermüdlich ihre Runden drehte – sie sollte strampeln und
für ihre Nachlässigkeiten büßen, zu denen ihre maßlose
Langlebigkeit und ihr schusseliger Abgang zählten.

Er hörte ausschließlich die dramatischen Schlußakte von
Verdi-Opern und starrte auf Trudels kreisende Trommel
und sinnierte über die Vergeblichkeit des Lebens. Er ließ
sich hängen.

Er seinerseits hatte beschlossen, mit dem Strampeln auf-
zuhören, hatte sich in dem Apartment verbunkert, das Telefon ausgestöpselt und war nun hauptsächlich damit beschäftigt, Selbstmordliteratur zu lesen. Es gab so viele
verschiedene Anleitungen und Ratgeberbücher, daß sich
Rupert, der von Natur aus einen Hang zur Pedanterie
hatte, zunächst einen Überblick über die gängigen Metho-
den verschaffen wollte.

Er lag gerade mit dem Standardwerk *Final Exit* auf seinem Bett und las sich durch das Kapitel »Exotika: Schlangengifte, Totfasten, Herzstillstand durch Autosuggestion«, als ihm ein Brief durch die Tür geschoben wurde.

Zunächst nahm er keine große Notiz davon. Wahrscheinlich, dachte er sich, war es der Menüzettel eines neuen chinesischen Restaurants, das frei Haus lieferte und dafür Reklame machte. Es gab Tausende davon. Er war mal darauf reingefallen und hatte sich bestellt, was auf der Karte als »Drei Himmlische Köstlichkeiten« bezeichnet war. Als er das gelbbraune Nudelzeug verdrückt hatte, lag er für drei Tage flach. Er verließ sich fortan nur noch auf Wangs Reisgerichte und sein Hühner-Curry.

Zur Sicherheit schaute er in seinem Selbstmordbuch unter dem Stichwort »Chinesisches Fast food« nach. Er fand keine Eintragung und begann an der Vollständigkeit seines Sterbelexikons zu zweifeln.

Irgendwann stand er auf und nahm das Kuvert von der Schwelle, ließ sich wieder aufs Bett fallen und öffnete den Umschlag. Kein China-Menü, sondern ein Brief mit Amtssiegel!

Mit einem Ruck saß Rupert kerzengerade im Bett. In dem Brief teilte ihm eine Kanzlei mit, daß ein gewisser Rudolf von Beckenheim gestorben war, ein angeheirateter Verwandter der Pupkins aus Leningrad, und daß er, Rupert Lubowitz, zum Miterben bestimmt worden war.

Rupert sprang auf. Er öffnete die Fenster, kontrollierte, ob der Gashahn abgedreht war, spülte seine Schlaftabletten ins Klo und löste den Strick, den er am oberen Wasserrohr befestigt hatte. Dann sank er auf die Knie und dankte

Pupkin und seiner gesamten gesegneten Verwandtschaft. Pupkin hatte ihm das Leben gerettet, dachte er gerührt.

Schon damals, als Tante Trudel von Pupkin erzählte, hatte er das Gefühl, daß sein Onkel ein Seelenverwandter war, und jedesmal, wenn er Jim Morrisons *Break on thru' to the other side* hörte, stellte er sich Pupkin als russischen Beatnik vor. Pupkin, so ahnte er, würde sich um ihn kümmern, wo immer er auch war. (Darüber hatte er seine Vermutungen, die allerdings so tollkühn waren, daß er sie noch nicht einmal sich selber erzählte.)

Nach seinem Pupkin-Stoßgebet stand er auf, rasierte sich, zog den Nadelstreifenanzug an, den er bei seinen seltenen Engagements auf Hochzeitsgesellschaften zu tragen pflegte, und begab sich zu der Adresse, die in den Briefkopf eingeprägt war wie in jungfräulichen Schnee.

Der Notar eröffnete ihm, daß von Beckenheim ein vermögender Kunsthändler war, der, selber kinderlos, seine Hinterlassenschaft auf eine Reihe von Cousins zweiten und dritten Grades verteilt hatte. Bei dem Rupert zugedachten Teil handele es sich um fünf Ölgemälde, einige Möbelstücke sowie eine Sammlung von Militaria, welche in den nächsten Tagen geliefert werden müßten, da die Villa, in der sie sich befanden, derzeit geräumt würde.

Rupert erfuhr, daß die besagte Villa nur eine von vier war, die sämtlich in den Besitz näherstehender Verwandter übergegangen waren. Doch für jemanden, der noch vor wenigen Stunden über brasilianische Schlangengifte und chinesisches Fast food nachgedacht hatte, bedeutete dieses Erbteil zweierlei. Erstens: Es gab doch einen Gott. Zweitens: Vor der Tür stapelte sich ein Haufen Geld.

Die Villa lag am Ufer des Hudson in New Jersey und war über eine private Auffahrt aus erlesenen weißen Kieselsteinen zu erreichen, die unter den Rädern des Taxis zur Seite prasselten wie Perlen. Als Rupert die Empfangshalle betrat, deuteten die Packer in einen Raum, der durch drei weitere zu erreichen war. Dort in der Ecke, mit weißen Bettlaken abgedeckt, stand ein kleineres, vielhöckriges Gebirge, gekrönt von einem Hefter, der seinen Namen trug.

Rupert entnahm dem Hefter eine Liste, deckte die Tücher ab und machte Bestandsaufnahme: 5 Gemälde. 2 Kirschbaumkommoden aus dem 18. Jahrhundert, spätes Rokoko. 1 Biedermeiersekretär. 4 Stühle im Louis-quinze-Stil, mit chinagrüner Seidenbespannung. 1 deutscher Generalssäbel aus dem 2. Weltkrieg. 1 Reichsfahne aus dem 1. Weltkrieg. 1 Mauserpistole. 4 Eiserne Kreuze. 2 Stahlhelme mit dem ss-Emblem. 1 Wehrmachtskarte von 1939.

Von Beckenheim, so erfuhr Rupert, war ein in den dreißiger Jahren in die usa emigrierter österreichischer Jude, der als amerikanischer Offizier 1945 nach Deutschland zurückgekommen war und die Verhöre der höheren Nazichargen geleitet hatte.

Die Bilder waren amerikanische Romantik. Sie zeigten eine Farm im Mittelwesten, eine impressionistische Version der Schlachthöfe von Chicago aus den zwanziger Jahren, das Porträt einer Quäkerin sowie die Niagarafälle, zweimal zwei Meter, die von einem Künstler mit dem wohlklingenden Namen Vermeer signiert waren. Und dann war da noch eine Kopie des »Mädchens in Weiß«, Mademoiselle D'Ognes in einem billigen Blattgoldrahmen.

Sie schaute mit verhaltener Neugier auf Rupert, als ob sie gespannt sei auf seinen nächsten Zug. Rupert zuckte mit den Schultern. »Ich habe auch keine Ahnung«, sagte er, »aber irgendwas wird uns schon einfallen.« Im Gaumen spürte er den fernen Nachgeschmack von Tante Trudels Apfelkuchen.

Er überflog seine Schätze. Da er eine Zeitlang bei Sotheby's auf der East Side im Lagerraum gearbeitet hatte, hatte er sich einige Grundkenntnisse über Stile, deren Ausführungen und Marktpreise angeeignet. Vor allem kannte er die Preisspannen und Provisionen, von denen die renommierten Auktionshäuser lebten. Im Gros wäre der ganze Krempel vielleicht fünfzehntausend Dollar wert gewesen. Im Einzelverkauf konnte er leicht mit dem Doppelten rechnen.

Allerdings: Wo sollte er das Zeug ausstellen? In seinem Apartment? Selbst wenn einige der Kunden, unter denen er sich Madison-Avenue-Händler, Wallstreet-Broker und Sammler von der Upper West Side vorstellte, zu seinem kleinen dunklen Ein-Zimmer-Apartment hochsteigen würden – es lag im dritten Stock und der Fahrstuhl funktionierte nur an guten Tagen –, wie sollte er seine Stücke präsentieren? Auf der Treppe, übereinandergestapelt in der Küche, auf seinem Bett? In seiner Wohnung würde der ganze Kram aussehen wie ein Haufen Sperrmüll. In einem geeigneten Rahmen dagegen…

Vielleicht war es der Hunger der letzten Tage, der ihn delirieren ließ, denn Rupert hatte lange nichts mehr gegessen. Vielleicht war es auch einer der Schübe von Größenwahn, die ihn als stellungslosen Schauspieler periodisch packten, doch die Idee, die in seinem verworrenen Hirn plötzlich keimte, schien ihm so schlicht und so atemberaubend plausibel, daß ihm nur ein Wort einfiel: »Genial«.

Die Assoziationen, die durch das graue Gestöber seiner mitgenommenen Gehirnzellen fegten wie losgelassene Schlittenhunde, liefen folgende Stationen an:

Erstens: Er brauchte einen entsprechenden Rahmen, um seine Kostbarkeiten der Luxuskundschaft vorzuführen.

Zweitens: Er kannte einen solchen Rahmen – die Präsidentensuite im Plaza Athenae.

Der Präsident hatte seines Wissens nie dort gewohnt. Aber Rupert hatte dort einmal für den verwöhnten Sprößling eines Konservenmilliardärs aus Idaho auf einer Kindergeburtstagsparty Stimmen von Cowboys aus dem Fernsehen nachgemacht. Dicke Teppiche, krummbeinige Stühle, Farne, Seidentapeten – das war, was Beckenheims Hinterlassenschaft anging, sozusagen ein würdiger Goldrahmen.

Drittens: Die Suite hatte viel, viel Platz. Genug für Onkelchen Beckenheims Hinterlassenschaft.

Viertens: Er war schließlich ein wenn auch entfernter Verwandter des großen von Beckenheim und die Präsidentensuite somit quasi ein zweites Zuhause für ihn.

Fünftens: Er besaß einen Nadelstreifenanzug und eine dunkle Sonnenbrille, und er hatte einst in einer Serie einen isländischen Fischimporteur gespielt, der in einem feinen New Yorker Hotel residierte. Dort war er zwar bereits zu Beginn des Films von dem Helden der Serie tot aufgefunden worden, doch er hatte genug Zeit – wenn auch tot – auf dem Set verbracht, um zu wissen, wie man sich als reicher Pinkel in einem Reiche-Pinkel-Hotel bewegte.

Sechstens: Die Suite kostete fünfhundert Dollar pro Nacht. Er brauchte drei Tage, um die wertvolleren Stücke an den Mann zu bringen. Unkosten demnach: fünfzehnhundert Dollar. Umsatz: dreißigtausend Dollar. Reingewinn: so um die achtundzwanzigtausend Dollar in dicken fetten grünen Scheinen mit Präsidentenporträt.

Er nahm den Hefter und trug in das Feld, das für die Lieferadresse freigelassen war, deutlich lesbar »Plaza Athenae« ein. Und unterschrieb schwungvoll: Rupert A. Lubowitz. Das A-Initial war eine spontane Eingebung. Es klang ziemlich adlig und reich und machte, wie er fand, den Lubowitz mehr als wett. In das Feld für den Liefertermin trug er das Datum ein. Er entschied sich für zehn Uhr vormittags, drei Tage später.

Dann fuhr er nach Hause, nahm eine Dusche und klopfte sich ein wenig von dem Rasierwasser auf die Wange, das er vor einigen Wochen im Plaza hatte mitgehen lassen – Rupert war pedantisch, wenn es darum ging, sich in Rollen einzuleben. Dann nahm er den Hörer und ließ sich mit der Reservierung des Hotels verbinden.

»Lubowitz und Co., Finkelbaum am Apparat«, näselte er in die Muschel, »Herr Lubowitz kommt in die Stadt und würde gerne wieder die Präsidentensuite beziehen... In drei Tagen, am Samstag... Ist frei, na wunderbar... Ach, noch eine Kleinigkeit. Herr Lubowitz möchte ein paar treuen Kunden einige seiner Sammlerstücke zeigen, einen Vermeer, ein paar Louis-quinze darunter... Sie haben doch sicher nichts dagegen, wenn diese im mittleren Salon der Suite temporär untergebracht werden... Das ist sehr nett. Vielen Dank.«

Als er den Hörer aufgelegt hatte, war er selber ganz scharf darauf, diesen legendären Lubowitz mit seinen Vermeers kennenzulernen. Schien 'ne ganz große Nummer zu sein. Der Reservierungschef immerhin hatte gesagt, es sei ihm »eine Ehre«. Rupert spürte, wie das Adrenalin in seine Adern schoß. Damit es nicht aufhörte zu schießen, half er mit ein paar Amphetaminen nach.

Als nächstes rief er die Anzeigenabteilung von *New York Times, Herald Tribune* und *Newsday* an. Der Text, der in den Wochenendausgaben geschaltet werden sollte und den er mit seiner letzten noch nicht gesperrten Kreditkarte bezahlte, war überall der gleiche:

Notauktion.
Von-Beckenheim-Nachlaß umständehalber sofort
zu veräußern. Stilmöbel, seltene Militaria, Gemälde.
Vermeer.
Besichtigung nach Vereinbarung
Dienstag, 14 Uhr. Plaza Athenae. Präsidentensuite.
R. A. Lubowitz.

Dann brachte er seinen Anzug zur Schnellreinigung und lief zum Geldautomaten, um sein Guthaben abzuheben. Dreihundert Dollar. Die restlichen dreizehn Dollar und fünfundsiebzig Cent ließ er stehen, notgedrungen, denn der Automat zahlte nur runde Beträge aus.

Später stattete er Kleiber einen Besuch ab. Kleiber arbeitete gelegentlich als Zauberer, und Rupert lieh sich dessen weiße Handschuhe. Kleiber zierte sich eine Weile, doch Rupert erinnerte ihn an Tante Trudel, seinen Hamster, den er Kleiber einmal für einen seiner Tricks überlassen hatte. Der Trick war noch neu für Kleiber, er klappte nicht besonders gut, und Trudel war danach tagelang wie besessen in der Trommel gelaufen, als müsse sie ein Trauma abarbeiten. Schuldbewußt rückte Kleiber die Handschuhe heraus.

Die beiden nächsten Tage verbrachte Rupert damit, mit Kleibers weißen Handschuhen vor seinem Schrankspiegel auf- und abzugehen, ein Bündel mit Ein-Dollar-Noten zu zücken und Scheine in imaginäre Hände zu drücken.

In den Übungspausen lag er auf dem Bett und überlegte sich, wie er seine achtundzwanzigtausend Dollar ausgeben wollte. Er war Trudel einen neuen Stall schuldig. Bei F. A. O. Schwarz auf der Fifth Avenue hatte er einen Erlebnispark für Hamster entdeckt, ein Plastikgebilde aus Röhren und Treppen und Schläuchen mit einem eigenen kleinen Hamsterteich. Rupert mochte Spielzeugläden. Er fühlte sich dann immer in eine Kindheit zurückversetzt, die farbiger war als seine eigene.

Am Morgen des Umzugs bestellte er eine Limousine der Firma »Tel Aviv«. Kurz darauf parkte der schwarze Schlitten vor den überquellenden Mülltonnen auf dem Broadway. Der Chauffeur stieg aus und kontrollierte mißtrauisch die Adresse auf einem kleinen Zettel. Rupert lief ihm entgegen und stellte schweratmend seine Koffer ab. Er hatte neben seinen drei Hemden einen Haufen Zeitungen mit eingepackt, um den Koffern Gewicht zu geben. Den Käfig mit Trudel hatte er mit einem geblümten Seidentuch abgedeckt.

»Schlimm, daß Leute so wohnen müssen«, näselte Rupert in Richtung Chauffeur und schaute kopfschüttelnd zu seiner Wohnung hinauf. »Mein Vetter studiert Sonologie. Walfischmusik. Brotlose Kunst.« Er deutete auf die Koffer. Der Chauffeur wuchtete sie ins Heck.

Wang Bang stand in der Tür seines Ladens. »Ey, Rupert, hass wohl geerbt, was?« Rupert ignorierte ihn. Sie fuhren den Broadway hinab, passierten die Met, bogen am Südende des Central Park nach links und fuhren schließlich wieder links die Madison Avenue hinauf.

Mit jedem Block, den sie dem Plaza Athenae näher kamen, wurde aus Rupert, dem erfolglosen Schauspieler und Selbstmordkandidaten, ein Stück mehr der erfolgreiche Nabob. Als die Wagentür von dem livrierten Pagen des Plaza aufgerissen wurde, entstieg der Limousine R. A. Lubowitz, Millionenerbe, Snob und Antiquitätenhändler aus Liebhaberei.

Er schob seine Kreditkarte über den Tresen und plauderte leutselig mit dem Hallenchef, während seine beiden Koffer und der Hamsterkäfig auf dem Gepäckwagen verstaut wurden. Er kniffelte lässig zwei Dollarnoten vom Bündel, steckte sie dem Pagen zu und sagte in Richtung Hallenchef: »Schön, wieder zu Hause zu sein. Und wegen der Antiquitäten – Sie wissen Bescheid, Fritz!«, worauf der Hallenchef versicherte, er werde sich »persönlich um alles kümmern«.

In der Garderobe der Suite standen ein Obstkorb mit einem Kärtchen als Willkommensgruß sowie eine Flasche Wein und ein Käseteller »mit Kompliment des Hauses«. Er verzog sich mit Wein und Käse aufs Bett, frühstückte und fühlte sich großartig. Mit dem Gedanken, daß er eigentlich hierher gehörte und sonst nirgends, mußte er eingedöst sein, denn plötzlich klopfte es, und die Lieferanten standen vor der Tür.

»Um Himmels willen, passen Sie mit dem Vermeer auf!« rief Rupert mit gespieltem Entsetzen, als von Beckenheims Hinterlassenschaft Stück für Stück in den Salon getragen wurde. Als sich Packer und Etagenpagen wieder verzogen hatten, alle um ein paar zerknitterte Dollarnoten reicher, ging Rupert daran, die Ausstellung zu arrangieren.

Er hängte die Wehrmachtskarte vors Fenster, stellte die Reichsfahne daneben und rückte die beiden Kirschholzkommoden davor. Auf den Kommoden plazierte er Säbel und Eiserne Kreuze. Die Stahlhelme deponierte er auf dem Fernseher. Der Biedermeiersekretär, von dem er sich am meisten versprach, stand raumbeherrschend in der Mitte. Die Gemälde lehnten auf einer wandlangen Bar auf der gegenüberliegenden Seite. Er ging zur Tür zurück, um das Arrangement auf sich wirken zu lassen.

Aus dem dunklen Ensemble strahlte das weiße Kleid von Mademoiselle d'Ognes hervor. Er las leise Zweifel in ihrem Gesicht. Sie machte ihn nervös. Er nahm das Bild von der Kommode und stellte es mit der Kopfseite zur Wand. Es war nicht der Zeitpunkt für Schwachheiten. Jetzt ging es um entschlossenes Handeln.

Sicher, es war eine exzentrische Zusammenstellung, die aber seines Erachtens die geschmackssichere Hand eines Snobs verriet, der Entlegenes sammelte und sich nun, schweren Herzens, von einigen seiner Preziosen trennen wollte.

Er war überwältigt von sich. Er war berauscht von seiner Klasse, von der er immer vermutet hatte, daß er sie be-

saß. Und er stand unter Strom. Der Wein und die Amphet-
amine hatten sich zu einer chemischen Reaktion zusam-
mengetan, die ihn über die Wolkengrenze hob. Das glaubt
mir keiner, dachte er still bei sich, und dieser Gedanke war
der erste Schritt zu seinem Verhängnis.

Die Versteigerung, die ihn zum reichen Mann machen
würde, war für den nächsten Tag angesetzt. Was sprach dagegen, ein bißchen zu feiern, sozusagen in seinen Reichtum
hineinzufeiern, und zwar mit Freunden, die ihm nahestan-
den. Da wären Kleiber und Carlos, Fiorello, der singende
Pizza-Junge, Carter, der x-Man, und die beiden verrückten Schwestern, Lucy und Belinda aus dem Tanzstudio.

Natürlich müßte auch Wang Bang dabeisein, der ihn in
seinem Laden anschreiben ließ, ebenso wie Bello, der sich
so nannte, seit sein Hund eingegangen war, und natürlich
Gian-Carlo, der behauptete, er sei mit Caruso verwandt.

Er angelte sich das Telefon und begann zu wählen.
»Klar, Rupert«, sagte Carlos, »'ne Party im Plaza. Wie
wär's 'n auf'm Mond? Ich komm dich da besuchen. Ich
bring 'n bißchen Gemüse mit«, und hängte kichernd ein.
Rupert war gekränkt und wählte die nächste Nummer.

Kleiber wollte wissen, wo die Bar sei, in der er offensichtlich abgesoffen war, und erkundigte sich besorgt nach
seinen Handschuhen. Nun war Rupert ernstlich verärgert.
»Du glaubst mir nicht? Dann ruf mich zurück. Frag nach
Mr. R. A. Lubowitz.«

Zwei Minuten später klingelte das Telefon. Rupert
nahm ab und näselte: »Lubowitz, mit wem habe ich die
Ehre? Ahhh, Mr. Kleiber, lange nicht gehört von Ihnen.
Was macht die Frau Gemahlin?«

»Rupert, hör auf mit dem Quatsch!« brüllte Kleiber. Doch seine Fassungslosigkeit machte bald einer grenzenlosen Bewunderung Platz, und er versprach, den anderen Bescheid zu sagen.

»Rupert schmeißt 'ne Party in der Präsidentensuite, ich-glaub's-einfach-nicht«, sagte Kleiber, bevor er einhängte.

Rupert grinste zufrieden. Spätestens als er vor dem Spiegel stand und ihm ein kleinwüchsiger Derwisch mit zerzausten Haaren und dem irren Blick eines indonesischen Amokläufers entgegenstarrte, hätte er mißtrauisch werden müssen. Doch Rupert sah nur einen gesetzten Herrn mit Stirnglatze vor sich, adlige Blässe, schmale, energische Lippen und ein absolut einmaliger, leicht geringschätziger Adlerblick, ganz von Beckenheim, vom Scheitel bis zur Sohle.

Letzteres war natürlich metaphorisch gemeint, weil von Scheitel bei ihm nicht mehr die Rede sein konnte und die Sohlen längst in der Zimmerecke lagen, zusammen mit den Socken, denn Rupert war dabei, es sich bequem zu machen. Er bestellte sich beim Zimmerservice Langusten auf Lauch und zu seinem Beluga-Kaviar einen Rothschild-Champagner und ließ das Badewasser einlaufen.

Den Rest des Nachmittags verbrachte er mit langen Telefonaten mit Freunden an der Westküste, hauptsächlich arbeitslosen Schauspielerkollegen, und er erzählte von seinen Zukunftsplänen und daß die Antiquitätenbranche zwar »Geld wie Heu« abwerfe, aber »für 'nen Künstler nicht gerade befriedigend ist auf die Dauer«, und er versprach, »in den nächsten Tagen mal auf einen Sprung rüberzukommen, ja, ja, wahrscheinlich steig ich im Beverly

Wilshire ab, da sind die Bademäntel am besten, hab ich mir sagen lassen, har, har«.

Gegen acht rief ihn der Hallenchef an. Seine Stimme klang gepreßt. »Entschuldigen Sie die Störung, Herr Lubowitz, hier sind einige Herrschaften, die behaupten, Sie zu kennen...« Im Hintergrund konnte Rupert Fiorellos Stimme hören: »Mach keinen Scheiß, Alter, oder du wirst gefeuert!«, und Lucy keifte: »Alberner Pinguin!«

Rupert sagte: »Vielen Dank, Fritz, lassen Sie den Herrschaften den Weg zur Suite zeigen, es handelt sich offenbar um ein paar Kunden.«

Fritz schwieg eine Weile betreten und unschlüssig in den Hörer, lange genug, um Rupert wissen zu lassen, daß auch Carlos mit von der Partie war, denn er hörte ihn brüllen: »Rassistischer Saftladen hier. Kannst dir wohl nich vorstellen, daß 'n Nigger 'nen Freund hat, der hier wohnt? Schommal was davon gehört, daß die Sklavenhalterei abgeschafft ist? Hast wohl Angst, daß ich auf deine Scheißteppiche abfärbe? Bruder Malcolm hatte...«

Fritz hatte offenbar in der Zwischenzeit die Sprache wiedergefunden. »Wie Sie wünschen, Herr Lubowitz«, sagte er in den Hörer und hängte auf.

Kurz darauf flog die Tür der Präsidentensuite auf, und die Horde kam hereingetrampelt. Lucy und Belinda hatten sich mit Minis und Netzstrümpfen herausgeputzt, Wang Bang trug sein Kamikazestirnband und Carlos seine Che-Guevara-Mütze mit dem roten Stern und der x-Man eine neue Wollmütze – schließlich war es das Plaza! Unter Fiorellos Arm klemmten zwei Frascati-Flaschen, und Kleiber schleppte eine Plastiktüte mit Nachos und Dips.

Alle blieben erst mal wie angewurzelt vor der Reichswehrkarte stehen und sagten »Wow« und »Oh, Mann, ist das cool«, und Rupert nutzte die Gelegenheit, um sich zu räuspern und eine kleine Ansprache zu halten.

Er trug einen Hotelbademantel mit dem Monogramm einer »Plaza«-Goldkrone, und er hatte das Rasierwasser auf seine Stirnglatze geklatscht und schaute nun auf seine Freunde – nicht einfach ein Hochstapler, sondern ein absolut wahnsinniger und durchgeknallter Hochstapler.

Er schwankte ein bißchen, weil sich der Rothschild-Champagner mit dem Rotwein-Amphetamin-Gemisch offenbar in einer Art Stellungskrieg befand, mitten in seinem Nervenzentrum.

»Meine Damen, meine Herren, liebe Freunde«, sagte Rupert, »ich freu mich, dassiemich mit ihrer wertn Anwesnheit beglückt ham an diesem Abend, denn den alten Rupert gibsnichmehr, den könnter euch abschminkn, weil 'ch ab morgen zu 'ner andern Klasse gehöre.«

Lucy hatte sich einen Stahlhelm aufgesetzt und salutierte, während Fiorello den Frascati aufschraubte und Gläser verteilte. Belinda hatte auf der Kirschholzkommode Platz genommen und war dabei, sich die Eisernen Kreuze an ihrem Neontop zu befestigen.

Rupert stützte sich auf den Biedermeiersekretär, als er fortfuhr, wobei seine Stimme vor Rührung ins Schwimmen geriet: »Möchte ich also mein Glas erheben auf meine Freunde, die ich auch in der Stunde des Glücks nicht vergessen werde…«

Fiorelleo reichte ihm einen Plastikbecher mit Frascati. Rupert schaute auf den Becher wie auf eine Kröte in Spiritus, und er sagte gütig, wie um die Gefühle eines armen Freundes nicht zu beleidigen: »Aber mein Bester, darf ich Ihnen etwas aus meinen Vorräten anbieten.«

Er ging zum Nachttischchen, wo er seinen Rothschild abgestellt hatte, ließ die Flasche herumgehen und gab beim Zimmerservice eine weitere Bestellung auf. »Bringen Sie gleich 'n paar Flaschen«, näselte er, »und machen Sie 'n bißchen was zurecht. Lachs und Beluga, nasiewissenschon, Präsidentensuite, ja, alles auf Zimmerrechnung.«

In der Zwischenzeit schwenkte Carlos die Reichsfahne und sang ein Lied, von dem er behauptete, es sei die deutsche Nationalhymne. Kleiber und Fiorello hatten sich vor der Landkarte aufgebaut und spielten deutsche Luftwaffe, indem sie die englische Küste mit Nachos bewarfen, während Belinda und Lucy in ihren Stahlhelmen die Verteidigung organisierten.

Die Getränke und die Platten wurden hereingerollt, und Rupert zeichnete mit einem großzügigen Kringel ab. Die Kellner zogen sich geduckt unter einem Hagel von Nachos zurück und übernahmen den Part der französischen Truppen, während Carlos und Kleiber in ihrer Eigenschaft als deutsche Wehrmacht gerade in Paris einmarschierten.

Schließlich zog Carlos zwei Joints aus der Tasche, und während sie auf dem Riesenbett lagen und rauchten, fachsimpelten sie darüber, wie Rupert sein Vermögen am wirksamsten anzulegen hätte.

»Chinesischer Sisal«, meinte Kleiber, »die neunziger Jahre gehören den Chinesen.« Wang Bang nickte asiatisch, obwohl er schon zur dritten Einwanderergeneration gehörte und kein Wort chinesisch sprach. »Wir haben ein

Sprichwort«, sagte er geziert. »Heißer Tee muß vorsichtig getrunken werden.« Die anderen runzelten die Stirn, und Fiorello meinte: »Was ist 'n das für 'n Quatsch«, aber Wang Bang beschränkte sich darauf, unergründlich zu lächeln, weil er ziemlich stoned war.

Carlos plädierte für größere Investitionen im Unterhaltungssektor. Er kannte ein paar Rapper aus dem Village, die neben dem Gemüseladen seiner Alten wohnten. Sie hießen »Frankie and his Alfabettix« und »bräuchten nur 'nen kleinen Werbepush, und dann wären sie 'ne wahre Goldgrube«.

Rupert allerdings wollte erst mal nach Nizza und ein bißchen ausspannen, weil die Antiquitätenbranche eine »ziemlich mörderische Haifischbranche« sei und die »Luft ganz schön dünn«, was die anderen sofort einsahen, und dann rauchten sie den Rest von Carlos' Marihuana.

Später, als sie schon ganz schön Schlagseite hatten, tanzten sie zu MTV, das sie in allen drei Fernsehern eingestellt hatten, und Belinda und Carlos versuchten einen neuen Schritt und krachten in den Biedermeiersekretär, der schon Napoleon überstanden hatte, aber nun, unter Belinda und Carlos, krachend und splitternd in die Knie ging, und Rupert thronte auf seinem Königsbett und grinste glasig auf die Irrenfeier hinab, und irgendwann, von einem Moment zum anderen, sackte er weg.

Am nächsten Vormittag wurde er durch ein Klopfen geweckt. Das Klopfen war mitten in seinem Kopf. Er hörte »Zimmerservice«, die Sonne knallte unbarmherzig aufs Bett. »Später«, krächzte er. Seine Zunge fühlte sich an wie eine Grabsteinplatte, und sein Kopf war einer dieser superschweren Thanksgiving-Kürbisse; irgendwer versuchte gerade, ihn auszukratzen und Löcher für Augen und Mund hineinzuschneiden.

Er spähte unter seinen dicken Lidern hervor in die Suite, und er schloß sie sofort wieder, wie den Theatervorhang über einer Katastrophenproduktion.

Das Bild, das er aufgeschnappt hatte, erinnerte an eines der Großstadt-Berlin-Moloch-Bilder von George Grosz. Ein Schlachtengemälde. Auf dem Teppich, zwischen den Resten eines Biedermeiersekretärs, lagen tote Körper. Neben ihnen rote Flecken und leere Frascati-Flaschen. Auf der Wehrmachtskarte waren wirre Frontverläufe mit hartgewordener Dipsauce markiert, in denen Nachos steckten wie Festungswälle.

Auf dem Weg zum Bad stolperte er über weitere Leichen. Er schaute auf die Uhr. Plötzlich war er wach. Schmerzend wach. Es war zehn Uhr. Die Auktion begann in vier Stunden. Da die Wiederbelebungsversuche an seinen Freunden erfolglos verliefen, kleidete er sich in Windeseile an und lief hinunter in den Frühstücksraum. Erst mal einen Kaffee, dachte er sich. Die Augen schützte er mit seiner schwarzen Sonnenbrille. Sein Gesicht war grün.

Er schnappte sich das *Wallstreet Journal*, versteckte sich dahinter und begann fieberhaft nachzudenken. Erst einmal müßte die Bande rausgeschafft werden. Dann brauchte er wohl ein paar zusätzliche Reinigungskräfte und für den Biedermeiersekretär Leim. Wie schnell trocknet Holzleim?

Noch während er sich zu erinnern versuchte, wie der Nachbar in Rockaway Beach einst ihren Küchentisch geleimt hatte, der allerdings nicht deutsches Biedermeier war, sondern Brooklyn, die frühe Sears-Periode, tippte ihm jemand an die Zeitung. Rupert ließ das Blatt sinken. Und schaute in das Gesicht von Fritz.

Trotz seiner dunklen Sonnenbrille konnte Rupert erkennen, daß Fritz nicht lächelte. Neben dem Lächeln war auch jeder Rest von Verbindlichkeit aus seinen Zügen verschwunden. Ja, er sah überhaupt nicht mehr aus wie Fritz, der Empfangschef, sondern wie Fritz, der Leichenbestatter. Sein Blick war so kalt wie die Eisbahn im Central Park in einer dunklen Winternacht.

»Komm mal mit, mein Freundchen«, zischelte er, »und zwar ohne Ärger zu machen.« Seinen Schauspielerreflexen folgend, kramte Rupert nach den Überbleibseln der einstudierten R.-A.-Lubowitz-Rolle. »Wie kommen Sie dazu…«

Fritz unterbrach ihn: »Oder sollen wir gleich die Polizei holen?«

In einem Büro hinter dem Empfangstresen erwartete ihn bereits der stellvertretende Hoteldirektor. Neben ihm stand ein puertoricanisches Zimmermädchen, das kreidebleich war und offenbar immer noch unter den Nachwirkungen des Schocks litt, der sie nach Betreten der Präsidentensuite getroffen hatte.

»Um es kurz zu machen«, sagte der stellvertretende Direktor, »Sie haben eine Rechnung von zwölfhundertdreiundfünfzig Dollar. Die Reinigungs- und Reparaturkosten für die Suite sind noch nicht inbegriffen. Ein Anruf bei American Express hat ergeben, daß Ihre Karte gesperrt worden ist. Sie haben bis 12 Uhr mittags Zeit, die Rechnung zu bezahlen und Ihre Trümmer aus der Suite zu schaffen. Damit sind auch die Menschenreste gemeint, die offenbar unsere Teppiche verunstalten.«

»Zwei liegen in der Badewanne«, sagte das Zimmermädchen. Der stellvertretende Direktor machte eine müde Handbewegung. »Ist schon gut, Lisa. Gehen Sie erst mal in die Küche und lassen sich einen Kaffee geben.«

Ruperts Schädel dröhnte. Die Panik war ihm langsam über das Rückgrat emporgekrochen und hatte nun die Befehlszentrale hinter der dunklen Sonnenbrille erreicht, die, obwohl mindestens die Hälfte der Armatur ausgefallen war, wie verrückt Alarm blinkte.

»Wie soll ich das machen?« japste er. »Bis 12 Uhr ist unmöglich. Um zwei kommen die Kunden. Dann zahle ich die Rechnung. In bar. Auf einen Schlag.«

Der Direktor sagte: »12 Uhr. Und zur Suite haben Sie keinen Zutritt mehr. Wir können natürlich auch gleich die Polizei holen. Sie haben die Wahl.« Fritz grinste höhnisch.

Rupert fühlte den Schweiß auf der Stirn. »Herr Direktor«, sagte er, »geben Sie mir 'ne Chance. Lassen Sie mich für fünf Minuten ins Zimmer. Ich treib das Geld schon auf. Ich muß nur ein paar Sachen rausholen.« Er dachte dabei nicht an Carlos und Co., sondern an irgend etwas Wertvolleres, etwas, das sich auf die Schnelle versilbern ließe.

Er sah, wie der stellvertretende Direktor zögerte. Schließlich sagte er mißmutig zu Fritz: »Führen Sie ihn nach oben. Er hat drei Minuten. Lassen Sie ihn nicht aus den Augen.«

Fritz griff Rupert am Ärmel und führte ihn durch das Foyer. Die Pagen, die er in den letzten vierundzwanzig Stunden mit Dollars gefüttert hatte, schauten dem Schauspiel grinsend zu. Es hatte sich natürlich herumgesprochen, daß Mr. Lubowitz-Großkotz seine Rechnungen nicht bezahlen konnte.

In der Suite regte sich Leben. Carlos und Co. waren dabei, ihre Sachen aus den Ecken zu fischen. Sie sahen Rupert und Fritz, und instinktiv begriffen sie, daß die Lage ernst war. Und sie begriffen ferner, daß sie mit dem, was nun folgte, nichts zu haben wollten. Sie trollten sich und klopften Rupert auf die Schulter und sagten: »Mach's gut, Alter« und »War 'n scharfes Fest«, und waren verschwunden.

Rupert schaute sich um. Er hatte drei Minuten. Hundertachtzig Sekunden, um zu entscheiden, welches Stück das Wertvollste war, und vor allem, welches sich in einer der Madison-Avenue-Galerien umstandslos versilbern ließe. Die Stahlhelme? Zu speziell. Die Kirschbaumkommoden? Konnte kein Mensch tragen. Die Bilder? »Mademoiselle d'Ognes« lag auf dem Teppichboden, unter den Fransen des Ziervorhangs, und schaute ihn mißmutig an. Blitzschnell entschied er sich für die Niagarafälle. Schließlich ein Vermeer. Als Zugabe schnallte er sich noch den Generalssäbel um.

Kurz darauf rannten die Niagarafälle die Madison Avenue hinunter, mit einem kleinen schnaufenden Mann dahinter, der einen zerknitterten Nadelstreifenanzug mit Säbel trug. Instinktiv traten die Passanten zur Seite. Sicher, New Yorker waren an alles mögliche gewöhnt. Doch sie hatten auch besonders hoch entwickelte Überlebenstechniken, und der Kleine mit den Irrsinnsaugen und dem Säbel ließ eine gewisse Vorsicht vernünftig erscheinen.

Rupert lief die erste Adresse an, die er noch aus seinen

Sotheby's-Zeiten kannte. »Brown, Siegel und Co.« führten Tiffany-Lampen und -Möbel und waren darüber hinaus spezialisiert auf Malerei des 19. Jahrhunderts. Keuchend stieß er die Tür auf, auf die der Firmenname mit Goldschrift gepinselt war, und stellte die Niagarafälle ab.

Schon bevor er hinter dem Bild hervorbrüllte »Dassiszuverkaufen, aber schnell, sonsbinicham Arsch«, waren die Angestellten erstarrt. Sie schauten auf Rupert, als müßten sie sich das alles einprägen, bevor das Ufo kam und den Außerirdischen – denn ganz offensichtlich handelte es sich um einen solchen – wieder abholte.

Rupert schaute auf die Uhr. Er hatte noch dreißig Minuten. Er erkannte Gordon Veneklaasen, den Chef der Gemäldeabteilung, dem er früher ersteigerte Sotheby's-Bilder zugeliefert hatte. »Sie müssen mir helfen«, flehte Rupert ihn an. In Veneklaasens Augen trat ein Blick des Erkennens, der sofort einem deutlichen Mitleid wich. »Rupert, wenn ich mich nicht irre. Was ist denn mit dir passiert?«

Rupert versuchte nun, alles der Reihe nach zu erklären. Es war ein Schwall, ein sturmgepeitschter Ozean von Erklärungen, in dem Worte wie »Erbschaft« und »von Beckenheim« und »Fritz« und »Getränkerechnung« trieben wie Schiffe mit zerbrochenen Masten. Offenbar hatte Veneklaasen kein Wort verstanden, aber er hängte das Bild, um Rupert einen Gefallen zu tun, auf den Flaschenzug im Gutachterraum, richtete die Strahler aus und untersuchte das Bild.

»Es ist ein Vermeer«, sagte Rupert.

Veneklaasen lächelte müde. »Dieser Vermeer heißt mit

Vornamen Charly. Jahrhundertwende. War wohl ein Immigrant.«

»Aber es ist das einzige existierende Bild der Niagarafälle, das von einem Holländer gemalt worden ist«, beharrte Rupert verzweifelt.

Veneklaasen hatte die Lupe nur kurz ins Auge gesteckt. Er seufzte mitfühlend. »Für so was haben wir keine Kunden, Rupert. Es ist ein schönes Erinnerungsstück für Leute, die mal an den Niagarafällen waren. Als Kunstwerk ist es noch nicht mal zweitklassig.«

»Zweitausend«, sagte Rupert, »ich weiß, daß es mindestens das Doppelte wert ist. Es ist ein absoluter Notverkauf.«

»Rupert, versteh doch, es ist nichts für unseren Kundenkreis. Vielleicht versuchst du's mal am Sonntag auf dem Flohmarkt, unten am West-Broadway.«

»Zwölfhundertdreiundfünfzig Dollar«, japste Rupert, »keinen Penny mehr. Und den Säbel gebe ich Ihnen umsonst.«

Veneklaasen schüttelte bedauernd den Kopf. »Die Militaria-Shops interessieren sich sicher dafür«, sagte er. »Du weißt ja, wo die sind.«

Rupert wußte plötzlich, daß er verloren hatte. Er hatte sich mit Händen und Füßen in den abschüssigen Abhang gekrallt, mit der verzweifelten Kraft eines Wahnsinnigen, doch er war gerutscht und gerutscht, und nun hatte er losgelassen.

Fast war er erleichtert. Er bedankte sich bei Veneklaasen für die Mühe, schulterte die Niagarafälle und trottete ins Hotel zurück.

Fritz empfing ihn mit verhaltenem Triumph. Rupert begab sich in das Büro des stellvertretenden Direktors, mit einer gewissen Würde, wie sie Generäle einer geschlagenen Armee zur Schau tragen, die die Kapitulation unterschreiben.

Die Bedingungen waren ziemlich schnell ausgehandelt. Von Beckenheims Hinterlassenschaft wurde am Nachmittag von Carlos und Wang Bang, der seinen Lieferwagen zur Verfügung gestellt hatte, in Ruperts Apartment verfrachtet.

Mit der Rechnung für die Zimmerreinigung beliefen sich Ruperts Schulden auf zweitausend Dollar. Die Hotelleitung erklärte sich damit einverstanden, daß Rupert den Betrag abarbeitete.

Die ersten zwei Wochen wurde er in der Küche eingesetzt. Rupert hatte errechnet, daß er für jeden Kaviartoast, den er sich als Von-Beckenheim-Erbe aufs Zimmer bestellt hatte, rund fünf Stunden Kartoffeln schälen mußte. Und rund drei Stunden allein für die Zeit, die er gebraucht hatte, um diesen Toast in der Präsidentensuite herunterzumampfen.

Rupert machte sich nicht schlecht. Die Pagen mochten ihn, und sogar zu Fritz hatte er ein freundliches Verhältnis gefunden. Bald bekam er eine Pagenuniform verpaßt und durfte ankommenden Gästen mit dem Gepäck behilflich sein, ein Trinkgeldjob, der einen tatsächlichen Aufstieg bedeutete.

Am Tag, bevor sein Schuldendienst abgelaufen war, hielt eine schwarze Limousine des »Tel-Aviv-Service« vor dem Plaza. Rupert, der bereits mit einigen Joints seine bevorstehende Befreiung aus der Fron gefeiert hatte, riß den Wagenschlag auf und salutierte. Dann half er der Frau vom Beifahrersitz. Sie hatte die blonden Haare hochgesteckt. Korkenzieherlöckchen ringelten sich als zarter Flaum über den Ohren. Sie war jung, sie trug ein weißes Kleid und lächelte ihm zu.

»Mary?« fragte er leise.

Aber sie war schon an ihm vorbeigesegelt und hörte ihn nicht.

Unsicher stakste Rupert zum Wagenheck, wuchtete die beiden Koffer heraus und rollte den Messinggepäckwagen den Gästen hinterher, zum Empfang.

Der Neuankömmling trug eine dunkle Sonnenbrille und schnarrte: »Pupkin.« Als er die Anmeldeformulare ausgefüllt hatte, drehte er sich um, sagte: »Schön, wieder zu Hause zu sein.« Und er drückte Rupert zwei zerknitterte Dollarnoten in die Hand.

Rupert stand mit offenem Mund da und hörte nichts außer dem Stampfen seines Blutes. Dann schüttelte er sich.

»Carlos muß eine neue Züchtung ausprobiert haben«, murmelte er und beschloß, das Marihuana-Rauchen für eine Weile zu unterlassen.

Rupert geht in sich

Es war einer jener glühenden Sommer in New York, in dem die Schuhe im Asphalt versanken, Tauben von Hochhäusern fielen, Postbeamte Amok liefen und den schwarzen Predigern am Times Square die Luft für ihre Höllenprophezeiungen wegblieb, weshalb sie sich damit begnügten, den Daumen nach unten zu drehen, während sich die weißen Unterdrücker an ihnen vorbei zur Mittagspause schleppten.

Rupert kam von Tonaufnahmen an der Tin Pan Alley. Er war eine ganze Woche gebucht worden, und dieses war sein letzter Tag. In einer Reklameserie für Abflußreiniger sprach er den Part der Bakterien, die sich immer hinter den Rohrbiegungen versteckten, dort, wohin normale Abflußreiniger nicht vordringen konnten. Die Rolle von »Powerpack«, dem Bakterien-Rupert-Killer, hatte Greg gesprochen. Greg, das afrikanische Stachelschwein, bekam immer die Machorollen.

Im Subway-Schacht an der 56. Straße nahm Rupert apathisch den Zettel entgegen, den ihm ein Mädchen reichte, und knüllte ihn in seine Jeans. Er fühlte sich schlapp wie alle New Yorker, und er beneidete Carlos, der zu seinen Verwandten nach Ochos Ríos gefahren war, in ein jamaikanisches Küstenstädtchen, aus dem er regelmäßig gutgelaunte Postkarten schickte.

Auch Kleiber war weg. Er hatte eine Pauschalreise zu

den Salzburger Festspielen gebucht, wo Carlos Kleiber die *Zauberflöte* dirigierte. Der einzige, der in New York festhing wie eine Fliege am Klebestreifen, war Rupert. Auf dem Weg zu seiner Wohnung am oberen Broadway blieb er bei Wang Bang hängen, der in seinem Deli-Laden vor der Eistruhe stand und Rupert einen Eistee ausgab.

»Das Leben ist eine Knochenmühle«, sagte Rupert. »Noch so 'n Tag, und ich bring mich um.«

»Das Leben ist eine Wüste«, sagte Wang Bang, der einen Hang zu asiatischen Spruchweisheiten hatte, die niemand verstand und am allerwenigsten er selber, denn er war dritte Generation und so wenig chinesisch wie das amerikanische Haushaltsdefizit.

»Von wem issen das schon wieder?« fragte Rupert. »Lao Tse?«

»Guns 'n' Roses«, sagte Wang Bang. »Von der *Tattoo*-Platte.«

Rupert schleppte sich nach oben. Als er den Schlüssel aus der Jeans fummelte, fiel der zerknüllte Zettel zu Boden, den ihm das Mädchen in der U-Bahn gegeben hatte. Er nahm ihn auf, kickte die Tür ins Schloß, trat geistesabwesend gegen die Klimaanlage, die prompt ihren röhrenden Betrieb aufnahm, ging ins Schlafzimmer und ließ sich mit dem Zettel aufs Bett sinken.

Er nannte sein Schlafzimmer das »Verdi-Zimmer«, weil er ein großes, schnauzbärtiges, lockenköpfiges Poster des jungen Verdi über seinem Bett hängen hatte. In seinem Arbeitszimmer hing Shakespeare. Kahlköpfig, mit leicht schräg stehenden Augen. Rupert fand, er sähe ihm ähnlich.

»Spannkraft, Wachheit, Erfolg«, las er auf dem Zettel,

und sein Interesse war geweckt, was kein Kunststück war, denn an diesem Nachmittag waren Worte wie »Spannkraft« so suggestiv wie ein Coca-Cola-Schild in der Wüste.

»Zusammen erforschen wir die Möglichkeiten, Achtsamkeit und den Geist des Dharma im Alltag wachzuhalten und in Familienleben, Beruf und Freizeit zu integrieren.«

Er verstand nicht viel von dem, was er da las, aber die folgende Passage betete er andächtig mit. Sie lautete: »In unserem stillen, schattigen Tagungsheim, in den rauschenden Wäldern der Catskills, bieten wir jedem den Weg, erneut zu sich selbst zu finden.«

Schattig, Wälder, kühl, rauschend! Rupert spürte gar nicht mehr, daß ihm das Hemd auf der Haut klebte, sondern er fühlte den leichten, harzgeschwängerten Windhauch, der in den schweren Zweigen von Tannen spielte und um die Ecken einer verwunschenen Waldklause strich, die von glücklichen, spannkräftigen, wachsamen Menschen bewohnt wurde, die es KÜHL hatten.

»Gehmeditation, Eßmeditation, Chantings und Dharma-Vorträge«, hieß es auf dem Zettel. Rupert schloß die Augen. Die Silben »Eß« und »Dharma« erinnerten ihn an seine Verdauungsstörungen. Er beschloß, nach Einbruch der Dunkelheit, wenn der Asphalt aufgehört hatte, Blasen zu werfen, Wang Bang zu fragen, der sich in fernöstlichen Meditationspraktiken auskennen mußte.

»Scheint 'ne nette Gegend zu sein«, meinte Wang am Abend. Er hatte seinen Stuhl vor die Obstauslagen gestellt und betrachtete das Flugblatt im roten Neonschein der

Budweiser-Reklame, die in seinem Ladenfenster hing. Das Bild der Waldklause hatte es ihm angetan.

Von den auf dem Zettel beschriebenen Meditationsformen hatte er keine Ahnung. Er entspanne sich, sagte er, abends vor dem Fernseher. »Aber der Bruder meines Großvaters meditiert, der weiß sicher Bescheid.«

Allerdings lebte Wangs Großonkel in der Provinz Shijiazhuang und schrieb immer nur zum chinesischen Neujahr. Er schrieb immer das gleiche: »Seit Mao Tse-Tung gestorben ist, geht hier alles drunter und drüber.«

Rupert nahm den Zettel wieder an sich. Es gab Hunderte von Yoga-Trainern, Heilpraktikern, Meditationslehrern und Fakiren in Manhattan. Diese Subkultur hatte ihn nie gestört, aber auch nie interessiert. Doch das hier war in den Catskills. Zu einem erschwinglichen Preis. Sein Engagement war erledigt, seine Freunde erholten sich, ihn hielt nichts in diesem Hochofen Manhattan.

Am nächsten Morgen brachte Rupert Trudel, seinen Hamster, zu Wang und ging den Diätplan mit ihm durch. Dann kehrte er ins Loft zurück, packte ein paar Hemden und eine Decke ein, trat gegen die Klimaanlage, die rasselnd stehenblieb, verschloß die Tür und schnappte sich ein Taxi zum Port-Authority-Busbahnhof. Eine Stunde später saß er in einem Greyhound-Bus, der in die Catskills fuhr.

Als der Bus aus dem Lincoln-Tunnel kam und die Schleife zum New Jersey Turnpike hochkroch, sah Rupert ein letztes Mal auf Manhattan zurück, diese Mausefalle, deren Speckköder, was Rupert anging, in letzter Zeit immer kleiner ausgefallen waren.

Er war froh, für zwei Wochen zu entkommen, und wandte sich erleichtert seiner Lektüre zu, einem Kung-Fu-Comic, den ihm Wang Bang mitgegeben hatte und der *Die Kralle der Shaolin im Tempel der Sieben Siegel* hieß. Wang meinte, er solle sich auf der Fahrt ein wenig in die asiatische Fachliteratur einlesen.

Kurz darauf fiel ihm ein, daß er vergessen hatte, Wang Trudels Spezialshampoo mitzugeben. Sein Hamster litt unter Schuppen und konnte das normale Eigelbshampoo, das sich Rupert bei Woolworth für den eigenen Haarkranz kaufte, nicht vertragen.

Rupert war nicht unglücklich mit seinem Leben, aber er war erschöpft, und je weiter sich der Greyhound brummend von Manhattan entfernte, desto mehr spürte er seine Erschöpfung.

Er fühlte sich schon seit langem überfordert. Das Leben flog ihm sozusagen um die Ohren. Er spürte einfach keinen Mittelpunkt, keine Achse mehr, um die sich alles mehr oder weniger geordnet hätte drehen können. Er fühlte sich hohl. Insofern waren die Sammlung und der klösterliche Rückzug, auf den er sich nun einstellte, genau das, was er brauchte.

Als er in Lincoln Manor ausstieg und in ein Taxi wechselte und dem Fahrer das Flugblatt mit der Adresse in die Hand drückte, schaute der mißtrauisch in den Rückspiegel und fragte: »Sind Sie sicher, daß Sie da hinwollen?«

Rupert fühlte sich auf unangenehme Weise ertappt, doch er nickte, und dann schaute er aus dem Fenster auf die Baumriesen, die Spalier standen, während das Auto in Serpentinen in die Berge fuhr.

Offenbar waren die meisten Kursteilnehmer bereits angekommen. Ein buntes Gewimmel aus lila Tüchern, indischen Hosen, Jutesäcken und Lammfell-Läufern. Rupert zahlte den Taxifahrer, griff seine Sporttasche und seine Decke und gesellte sich zu den Männern und Frauen, die vor der Eingangstreppe standen und auf die Zuweisung von Zimmern warteten.

Die Gespräche verstummten kurz, als Rupert auf die Gruppe zuging. Er spürte die Blicke, und ihn verwirrte, daß sie nicht auf ihn, sondern auf sein Gepäck gerichtet waren. Dann begriff er: Seine Tasche war aus Plastik und seine Decke zu hundert Prozent aus Polyacryl. Dazu trug er eine Baseballkappe aus Leuchtstoff.

Die Kursteilnehmer dagegen trugen Naturstoffe, nichts, was nicht in wenigen Jahren biologisch einwandfrei und restlos abgebaut werden würde. Er indessen war die personifizierte Umweltbelastung. Mutter Erde würde mit ihm zu tun haben. Er schätzte seine Halbwertszeit auf einige tausend Jahre und verfiel prompt in seine Lieblingsbeschäftigung: Er fühlte sich schuldig.

Eine blonde Lehrerin aus Delaware, die gerade von einem keltischen Druidentreffen an der französischen Atlantikküste zurückgekehrt war, nahm den Faden ihrer Erzählung wieder auf. »Du konntest die Energie richtig sehen. Es war wie eine Säule aus Licht.«

Begeistert fiel ihre Freundin ein, die mit glänzenden Augen von einem Sterbeseminar erzählte, in dem sie eine ähnliche Erscheinung beobachtet hatte. Rupert räusperte sich. Er wollte seine Erfahrungen mit Lichterscheinungen aus New York beisteuern – Wang Bang experimentierte gerade

mit einer Freiheitsstatue aus Glühbirnen, die immer an-
und ausgingen.

Doch eine korpulente rothaarige Kindergärtnerin aus
Iowa war schneller. Mit leuchtenden Augen berichtete sie
von ihrer letzten Außer-Körper-Erfahrung. »Es war so
schön, den eigenen Körper zu verlassen«, schnaufte sie,
was Rupert ihr sofort abnahm.

»Als ich kürzlich mit meinem Freund Carlos in Joe's
Steakhouse saß«, sagte er – und brach sofort wieder ab,
weil er wußte, daß er wieder einen Fehler begangen hatte.
Er hatte Fleisch gegessen, FLEISCH.

Er spürte, wie die Frauen entsetzt vor ihm zurückwi-
chen. Meditationsexperten hatten Nahrungsvorschriften,
gegen die die Koscher-Gebote orthodoxer Juden eine
Handvoll schlampiger Inkonsequenzen waren. Er fühlte
sich, wie so oft, als Außenseiter. Doch schließlich, sagte er
sich, war er nicht hierhergekommen, um sich lieben, sondern erleuchten zu lassen.

Das Fachwerkhaus, vor dem sie warteten, klebte am
Waldessaum, am oberen Ende einer blumenübersäten
Wiese. Im Tal sah man blaugrüne Äcker und einen schim-
mernden See, der von einer Borte rotgeziegelter weißer
Holzhäuser eingefaßt war. Es war wunderschön hier oben.

Im Keller des Hauses waren Küche und Duschen untergebracht. Meditationsraum und Eßsaal lagen im Erdgeschoß. Im zweiten Stock schliefen die Männer, im dritten
die Frauen. Jeder hatte sich beim Einchecken in eine Liste
einzuschreiben, um sich für eine der Gemeinschaftsaufga-
ben zur Verfügung zu stellen. »Klos putzen« und »mittags
Essen auftragen« waren noch offen.

Rupert fühlte Panik in sich aufsteigen. Den Dünnschiß von rund fünfzig Meditationswahnsinnigen und Vegetariern zu entfernen kam für ihn nicht in Frage. Er griff an dem asketischen Jüngling, der vor ihm am Empfangstisch stand, vorbei und riß die Liste an sich. Er trug sich für die Mittagessensausgabe ein.

Später erfuhr er, daß seine Panik grundlos gewesen war. Der Junge hatte sich bereits fürs Kloputzen entschieden. Er war so was wie ein Selbstbestrafungskünstler, der in der Erniedrigung Erfüllung fand. Sein Zimmer teilte Rupert mit einem fahlen Mann um die Vierzig aus New Mexico, der mit den Kiefern malmte. Er machte ganz den Eindruck, als kenne er den Weg zur Erleuchtung in- und auswendig. Aber er würde sich eher die Zunge abbeißen als darüber zu reden.

Da sich sein Zimmernachbar bereits an das Sprechverbot hielt, das hier oben für die kommenden vierzehn Tage gelten sollte, und ihm jede Auskunft ohnehin schuldig geblieben wäre, gab ihm Rupert selbst einen Namen. Er nannte ihn Kant. Das war einsilbig und klang nach Autorität.

Kants Sachen hatten auf einem Stuhl Platz. Er legte ein indisches Seidentuch auf den Stuhl, darauf ein schmales Brevier, eine Zahnbürste und eine Schachtel mit Seifenpulver. Ein schmales, dünnes Handtuch hing, faltenlos wie ein Brett, über der Stuhllehne. Der Typ, dachte sich Rupert, hatte es geschafft. Er war Ground Zero. Die komplette Bedürfnislosigkeit. Autark wie ein Fels.

Er stellte sich Kant bei einem Film-Casting vor. Er würde nur dastehen und Francis Ford Coppola fixieren, und er würde den Part bekommen, ohne den Mund aufgemacht zu haben. Alles nur Ausstrahlung. Unabhängigkeit. Rupert dagegen kam sich beim Vorsprechen immer wie ein Bettler vor, schwammig und verschliert und verzweifelt, und er bibberte innerlich bereits jenes Kopfschütteln herbei, mit dem der jeweilige Regisseur ihn nach wenigen Sekunden abzufertigen pflegte.

Nicht ohne Neid und eine gewisse Scham stopfte Rupert seine Hemden und Sweater und Hosen und Socken und seine fünf Tafeln Schokolade in den Schrank und stellte seine Shakespeare-Ausgabe und Wang Bangs Heftchen obendrauf.

Kurz darauf defilierte er mit den fünfzig übrigen Teilnehmern in einer langen Reihe an einem Tisch vorbei, auf dem Bananenstücke, Vollkornbrot, Malzkaffee und drei verschiedene Teesorten standen.

Das Schweigegebot wurde exakt eingehalten. Rupert kaute auf dem Vollkornbrot herum, und er hörte in der Stille die Kau- und Schluckgeräusche seiner Nachbarn, die mit dem Trockenzeug offenbar die gleichen Probleme hatten, nichts als Schlucken und Teeschlürfen und malmende Zähne auf Getreidekörnern.

Nur einige Kerzen erleuchteten den Meditationsraum und das Podest, auf dem Jack Kornstein, der Kursleiter, mit gekreuzten Beinen Platz nahm, um die ersten Unterweisungen zu geben. Er erinnerte an einen Habicht. Seine Augen unter den schweren Lidern glühten wie Kohle. Sein sehniges Gesicht sah aus, als sei es aus einer besonders harten Wurzel geschnitzt worden.

Überraschenderweise schien seine Stimme in der Stille zu schmelzen. Weich, singend, ein wenig feminin, wie Peter Sellars in »Welcome, Mr. Chance«, hob er an zu sprechen.

»Wir sind hierhergekommen, um nichts zu tun. Die schwierigste aller Übungen.«

Er lächelte. »Versucht, eure Vorstellungen, eure Erinnerungen, eure Hoffnungen als das zu begreifen, was sie sind: Illusionen. Sie sind unwirklich.«

Er machte eine Pause. Dann sagte er: »Versucht, euren Kopf leer zu machen, und atmet. Atmet ruhig ein und aus. Das ist alles. Daraus besteht alles. Das ist der Anfang. Denkt nicht. Atmet.«

Rupert schloß die Augen und atmete. Er dachte an Trudel, der Wang Bang bestimmt wieder koreanische Süßigkeiten zusteckte. Trudel war verrückt darauf und mochte Wang Bang besonders aus diesem Grunde. Wenn Rupert von Reisen zurückkehrte, hatte er regelmäßig Schwierigkeiten, sie wieder auf die vitaminhaltige Kost umzustellen, die bekömmlicher war und besser für ihr Fell.

Rupert atmete, doch es gelang ihm nicht, seinen Kopf zu entleeren. Eigentlich war er zufrieden mit sich und seinem Leben. Er hatte nur drei Probleme, die ihn bisweilen niederdrückten: sein Beruf, sein Liebesleben und der Haarausfall seines Hamsters. Er saß und atmete, und alle drei Probleme vagabundierten gleichzeitig durch seinen Kopf.

Was sein Berufsleben anging, befand er sich in guter Gesellschaft. Es gab in New York wahrscheinlich mehr arbeitslose Schauspieler als pakistanische Taxifahrer, und davon gab es mittlerweile so viele, daß man daran dachte, Pakistan aus Mangel an Bewohnern vorübergehend zu schließen.

Und was das Liebesleben betraf: Die Chancen für eine Frau über vierzig, einen Partner fürs Leben zu finden, waren, der berühmten Statistik zufolge, geringer als die, von Terroristen entführt zu werden. Warum es für Männer besser aussah, war ein mathematisches Problem, das Rupert nie verstanden hatte. Für jede Frau, die keinen Mann abbekam, müßte es doch einen Mann geben, der ebenfalls in die Röhre guckte.

Wenn wiederum die meisten vierzigjährigen Männer jüngere Frauen heirateten, müßte es bei den jüngeren unverheirateten Männern einen gewaltigen Überschuß geben, von dem irgendwann doch auch die Frauen über vierzig profitieren mußten. Er grübelte darüber eine Weile nach und atmete gleichmäßig, und dann atmete er ein wenig schneller, weil er an seine eigene Lage dachte.

Denn eines war klar und empirisch bewiesen: Die Chancen von arbeitslosen Schauspielern mit Stirnglatze, die Rupert hießen und ab und zu Taxi fuhren, lagen eindeutig im Minusbereich.

Ruperts Frauenbekanntschaften waren eine Reihung von Demütigungen und Katastrophen. Cordula war ein typisches Beispiel. Er hatte sie vor einem kaputten Kaffeeautomaten an der New York University kennengelernt, wo er Drama und Acting nicht zuletzt auch deshalb belegt hatte, um seine Scheu vor Frauen loszuwerden. Cordula war Expertin für das frühe Mittelalter.

Wenn sie über die Entjungferungen sprach, die die Henker der Inquisition an überführten Hexen vollzogen, glühten ihre Augen in satanischer Erotik. Rupert fand sie toll und schrieb sich als Gasthörer in einen Kurs über Kirchenlatein ein. Kurz bevor er examensreif war, heiratete Cordula einen Autoschlosser, der sich eine Tigerkralle auf seinen Oberarm hatte tätowieren lassen.

So lebte Rupert frauenlos und hatte sich damit mehr oder weniger abgefunden. Er hatte zwar zu einer Nachbarin Kontakt aufgenommen, weil sie einmal das Rohr in seiner Küche repariert hatte, aber es fiel ihm schwer, für eine Klempnerin, die doppelt so schwer war wie er selber, romantische Gefühle zu entwickeln.

Als er an Mary Sandborne dachte, entrang sich seiner Brust ein Seufzer. Immer wieder war sie wie eine Feder durch sein Leben geweht, ohne mehr zu hinterlassen als ein Lächeln und das Gefühl der Verlorenheit. Er war ihr vor einiger Zeit am Union Square über den Weg gelaufen. Sie trug ein weißes Kleid und eine dunkle Sonnenbrille. Sie hatte geheiratet und schien traurig zu sein. Eine Weile flachste er über die gemeinsame Zeit in Rockaway und brachte sie tatsächlich zum Lachen. Als sie sich von ihm verabschiedete, küßte sie ihn auf die Glatze und sagte: »Paß auf dich auf, Rupert.« Ihr Parfüm beschrieb er Carlos noch tagelang mit Worten entsagungsvoller Sehnsucht.

Er öffnete die Augen, um den Fluß seiner deprimierenden Assoziationen zu stoppen, und sah in das reglose Gesicht seines Zimmernachbarn. Leer wie ein Stück Papier. Ein kalkweißes, regloses Nichts.

Selbst wenn es nur ums Nichts geht, bin ich ein Versager, dachte Rupert, und der Gedanke deprimierte ihn noch mehr. Erschöpft vom Nichtstun fiel er ins Bett.

Das allgemeine Wecken war auf fünf Uhr angesetzt. Als Rupert erwachte, war es acht. Er begann den neuen Tag, wie er den vorherigen beschlossen hatte: mit dem Gefühl, ein Versager zu sein. Dabei hatte er sich vorgenommen, die Chance auf ein neues Leben, auf »Spannkraft, Wachsamkeit und Erfolg«, die der Kurskatalog für ganze hundertachtundvierzig Dollar versprach, voll zu nutzen.

Hätte es, wie für Feuerwehrleute auf Bereitschaft, eine Rutschstange in den Meditationsraum gegeben, hätte er diese genommen. So flog er die Treppe hinunter und trampelte in den Meditationsraum, entschlossen, den Erleuchtungsvorsprung der anderen durch besonders intensives Atmen wettzumachen.

Sein Zimmernachbar, der sich offenbar rechtzeitig nach unten begeben hatte, ohne ihn zu wecken – wahrscheinlich hatte er mit einem verächtlichen Blick auf Ruperts Decke »Polyacryl« gemurmelt –, saß wie in Bronze gegossen, leer, senkrecht, reglos, ein Weiser in den grenzenlosen Weiten des Zen.

Rupert versuchte, es ihm gleichzutun. Er saß so gerade, wie es seine fliehenden Schultern zuließen. Er atmete ein und aus. Und spürte nach einer Weile, wie sich ein erster Knoten in seine Rückenmuskulatur zog. Weitere folgten.

Der Rücken verknorpelte zunehmend, während Rupert dasaß, atmete und versuchte, den Schmerz zu ignorieren. Er litt. Kornstein hatte das Meditieren am Abend zuvor als Beitrag zum Frieden in der Welt bezeichnet. So saß Rupert und litt für die Menschheit. Als der leise Gong ertönte, durchströmte ihn ein warmes Glücksgefühl. Er hatte sich nicht gerührt. Und die Welt, da war er sicher, war dem Frieden näher gerückt.

Nun stand die Gehmeditation auf dem Programm. Bedächtiges Schreiten, Gewichtsverlagerung, langsames Abrollen der Füße. Es war ein wunderlicher Treck von buntgekleideten Sonderlingen, der da über die Wiesen in den Catskills schritt, stumm, auf Storchenbeinen ausgreifend und mit beträchtlichen Balanceproblemen, was Rupert anging.

Ein dicker Farmer knatterte auf seinem Moped einen Feldweg entlang und schaute herüber, und die Kursteilnehmer drehten, auf einem Bein stehend, langsam die Köpfe und glotzten den Bauern an, der zurückglotzte, und in dem gemeinsamen Glotzen lag der Stumpfsinn glücklicher Kühe.

Der einzige, der seinen Kopf nicht drehte, sondern die Augen auf ein fernes unsichtbares Ziel ausgerichtet hielt, war Ruperts Zimmernachbar Kant. Unerschütterlich schritt er in Zeitlupenbewegungen über die Wiese, und als der Gong den Freigang beendet hatte, saß er wieder auf seinem Platz, die Beine gekreuzt, atmete und starrte ins Leere.

Im steten Wechsel von Sitzen und Gehen, unterbrochen von gemächlichem, stillem Kauen während der Mahlzeiten, verstrich der Tag. Als Rupert abends ins Bett kroch, schmerzte sein Kreuz, und sein Magen kochte über von all der Säure, die er zu produzieren hatte, um mit den trockenen Brotklumpen fertigzuwerden.

Während er sich unruhig im Bett hin- und herwälzte, lag Kant gerade und flach ausgestreckt, die Hände über der Brust gefaltet, das Gesicht bleich und ruhig im Mondschein, und hätte er nicht fast unhörbar geatmet, hätte ihn Rupert für tot gehalten.

Er, ausgerechnet er, war mit Buddha persönlich in ein Zimmer zusammengelegt worden, mit einem Musterbild, neben dem er sich fühlte wie eine Mängelliste ohne Ende. Er begann, seine Fehler aufzuzählen, und schlief darüber ein.

Das Ziel der Meditation, so erklärte Kornstein am nächsten Tag in einem kurzen Vortrag, der mit einer Silberglocke eingeläutet wurde, bestehe darin, Kontrolle über Gefühle und Gedanken zu erreichen, und damit eine grenzenlose Unabhängigkeit von den Launen des Geschicks.

Furcht und Angst, vor allem aber Hoffnung, all die Glücksvorstellungen und Wünsche, die in Ruperts Fall fast ohne Ausnahme enttäuscht wurden – all die Schimären, die ihn durchs Leben trieben, würden ihren verheerenden Einfluß auf sein inneres Wohlbefinden einbüßen. »Nur wer sich selber verlieren kann, besitzt sich ganz und gar.«

Im Verlieren kannte sich Rupert aus. Er verlor am laufenden Band. Nun allerdings sollte er sogar noch seine Phantasien verlieren – sogar in den Hollywood-Heldenträumen, mit denen er sich sonst das Warten versüßte, wurde er nicht mehr besetzt.

Er sah sich auf dem brennenden Hochhaus stehen, das Kind im Arm, das er aus den Flammen geborgen hatte, und wollte gerade die Kufen des Rettungshelikopters ergreifen, um das kleine Mädchen und sich selber in Sicherheit zu bringen – da hörte er den Regisseur »Cut« rufen, und »Was sucht diese Trantüte auf dem Set?«, und dann stand da sein bleicher Zimmernachbar, stoisch und selbstbewußt, der den Dreh zu Ende brachte. Er begann, ihn zu hassen.

Dazusitzen und nichts zu tun – besser: das Nichts zu tun –, war eine Prüfung, die Rupert besonders hart anging; sein unsicheres Leben, das auf spontanen Eingebungen und Improvisationen beruhte und das ihm vor allem die Fähigkeit abverlangte, mit mehreren Bällen gleichzeitig zu jonglieren, war durch die neue ORDNUNG, durch die REGELN, denen er sich hier zu fügen hatte, bis in die Grundfesten erschüttert.

Es war am Vormittag des vierten Tages, als Rupert die Erleuchtung traf. Die Sonne stand hell und lachend über der Wiese und warf ihre Reflexe in den Meditationsraum, und einer ihrer Strahlen traf Rupert am Nacken, genau unterhalb seines Haarkranzes. Plötzlich wurde Rupert ganz von einer Lichtwolke umschlossen, und sein Körper wurde von einer himmlischen Leere erfaßt. Mit einem sanften Ruck löste sich der sitzende Rupert Lubowitz von seinen Kissen und schwebte.

Er schwebte zunächst rund zwei Zentimeter über dem blankpolierten Parkett, und dann stieg er um weitere zehn Zentimeter, so daß er nun die übrigen Meditierenden, ja sogar den Säulenheiligen neben ihm, um eine gute Kopfeslänge überragte.

Zunächst hatte keiner der Anwesenden von ihm Notiz genommen, da jeder in seinem eigenen Nirwana mit dem Nichts beschäftigt war, doch dann erhob das schlanke, braunhaarige Mädchen, das ihm gegenüber saß, den Blick, und ihr Mund öffnete sich zu einem kleinen, spitzen Überraschungsschrei.

Nun wurden auch die anderen unruhig. Wie ein Zittern, das durch eine Herde läuft, wenn Gefahr oder irgend etwas

Ungewöhnliches in der Luft liegt, so wurden nun vereinzelte Rufe laut, Köpfe hoben sich und drehten sich nach ihm. Was in der Luft lag, war eindeutig: Rupert, in blauer Jogginghose und einem weißen T-Shirt, das über dem Bauch spannte.

Ein glückseliges Lächeln lag in seinen Zügen, seine Augen hatten einen sanften, paradiesischen Glanz, und während die linke Hand wie eine Lotusblüte in seinem Schoß ruhte, hob er die Rechte, als ob er die Versammelten segnen wollte. Doch in Wahrheit brauchte er die Hand, um zu navigieren, denn er hatte bemerkt, daß er weiter an Höhe gewonnen hatte und nun, über die Köpfe der anderen, in die Mitte des Raumes schwebte.

Ganz deutlich sah Rupert nun die aufgerissenen Münder, die geweiteten Augen, die hennaroten Scheitel der Erleuchtung Suchenden, und er sah in die Köpfe hinein. Er konnte in einem grauen Wirbel aus feinen Partikeln Formen und Abläufe erkennen, er konnte Gedanken lesen.

Er sah Kornstein, der sich nach Einbruch der Dunkelheit am Abend zuvor aus der Waldklause geschlichen hatte und sich bei McDonald's im Ort den Bauch vollgeschlagen hatte und nun leise in sich hineinrülpste. »Zwei Cheeseburger und eine doppelte Portion Chips«, sagte Rupert und schüttelte vorwurfsvoll den Kopf. Kornstein zuckte zusammen.

Bei Kant konnte Rupert zunächst gar nichts erkennen. Die grauen Partikel waberten unschlüssig hin und her, bis Rupert begriff, daß Kants Geheimnis darin bestand, daß er keines hatte. Er dachte nicht sehr viel, und das Wenige beschränkte sich auf Zahlen, die Rupert nach einer Weile als

Bestellnummern entziffern konnte – Kant, der in Wahrheit Wilbur Smith hieß, war in der Revisionsabteilung eines großen Versandhauses beschäftigt, und er hatte diesen Meditationskurs absolviert wie seine Schichtarbeit im Büro: Er war kein Wunder an Disziplin, sondern eines an buchhalterischer Einfalt. Rupert schloß ihn ins Herz.

Bei dem Mädchen mit den rehbraunen Augen erkannte Rupert zwei Körper, die sich auf der blumenübersäten Wiese hinter dem Haus umschlungen hielten. Er fokussierte seinen Blick und erkannte sich selber, in einer geschönten Version, ohne Bauch und mit beträchtlich mehr Haaren auf dem Kopf, wie er das Mädchen küßte. Rupert wurde rot und rutschte ein wenig verlegen auf seinem Luftpolster hin und her – offensichtlich erträumte sich das Mädchen eine Liebesszene mit ihm, Rupert, dem Erleuchteten.

Der Nachmittag verging mit an- und abschwellenden Gesängen und Gebeten. Die Kursteilnehmer hatten unter ihm einen kleinen Altar aufgebaut. Seine Turnschuhe, die er ausgezogen hatte, standen auf einem roten Samtkissen, und drum herum lagen Blumen und kleine bronzene Ständer, in denen Weihrauchstäbe steckten.

Kornstein, der Kursleiter, war eine Weile bedrückt herumgeschlichen, und keiner nahm Notiz von ihm. Doch dann war er wieder Herr der Lage. Er hatte die Fernsehstationen angerufen, und verhandelte auf dem Parkplatz vor dem Haus über Interviewtermine und Honorare. Rupert war zur Tür herausgeschwebt, da die TV-Crews auf Außenaufnahmen bestanden.

Allerdings war sein Erleuchtungsschub offenbar so gewaltig, daß er aufzusteigen begann wie ein Luftballon. Er war schon weit über dem Dachfirst und hielt sich an der Spitze einer Tanne fest, als ihm der Hausmeister einen Strick zuwarf. Rupert verschnürte das Seil um seinen Bauch, und das andere Ende wurde am Geräteschuppen verknotet.

Ein Feuerwehrauto, das herbeigeordert worden war, fuhr seine große Leiter aus, die die Reporter nun erklommen, um ihre Interviews zu führen.

»Haben Sie früher schon einmal übernatürliche Kräfte gespürt?« wollte einer der Reporter wissen.

Rupert dachte nach. »Eigentlich nicht«, sagte er. »Aber ich bin der einzige, der mit der Klimaanlage im Apartment klarkommt. Wang Bang zum Beispiel erwischt nie den Punkt, gegen den man treten muß, und er sagt, es sei Zauberei, daß es bei mir immer funktioniert.«

»Ah ja«, sagte der Reporter. »Gibt es eine Botschaft, die Sie für unsere Zuschauer haben, und damit für die ganze übrige Welt?«

»Nicht direkt. Aber Wang Bang, falls du zuschaust: Laß Trudel mit deinem koreanischen Süßzeug in Ruhe. Sie wird dick davon und bekommt Haarausfall.«

»Wer ist Trudel?«

»Mein Hamster.«

Kurz darauf wurde ihm ein mobiles Telefon nach oben gereicht. Der Präsident wollte ihn sprechen. »Rupert Lubowitz«, sagte der Präsident, »wie geht es Ihnen?«

»Prächtig, Sir«, stammelte Rupert, der nun richtig aufgeregt war.

»Es sind Männer wie Sie«, sagte der Präsident, »die unsere Nation groß gemacht haben. Männer, die Grenzen überschreiten und unerschrocken in Neuland vorstoßen und dabei nicht vergessen, woher sie kommen.«

Er begann, Rupert einen häßlichen Russenwitz zu erzählen, da er etwas für seine Popularitätswerte tun mußte, aber Rupert unterbrach ihn. Er mochte den Präsidenten nicht, mochte schon seine alten Westernfilme nicht und verstand nicht, warum er als Schauspieler so erfolgreich gewesen war. Plötzlich hatte Rupert Lust auf Oper, auf Verdi. Er fragte den Präsidenten, ob er singen könne, was der verneinte.

»Sehen Sie«, sagte Rupert.

Der Präsident war irritiert. Dann faßte er sich wieder, weil ihm die Popularitätswerte einfielen und Rupert im Moment eindeutig über ihm schwebte. Da gab es nur eines: Mitschweben.

»Sie sind ein Patriot und sozusagen ein leuchtendes Beispiel für eine ganze Nation, die in diesem Moment zu Ihnen aufschaut.«

Rupert leuchtete tatsächlich. Sein ganzer Körper schwamm immer noch in einer Welle aus Licht, und um seinen Kopf flammte ein Strahlenkreuz, und da es langsam dunkel geworden war, hing Rupert an seiner Leine wie ein zweiter Mond.

»Sie sind ein großer Mann«, sagte der Präsident.

»Nicht direkt, Mr. Präsident, Sir«, sagte Rupert, rot vor Aufregung. »Ich bin nur einsfünfundsechzig. Es kommt Ihnen vielleicht nur so vor, weil ich ziemlich weit oben bin.« Aber da hatte der Präsident schon aufgelegt.

Eine Crew von Armeewissenschaftlern hatte in der Zwischenzeit in einem fahrbaren Labor seine Sachen durchsucht. Man hatte die Schokolade geröntgt und ein paar Krümel für weitere Tests in Plastikhüllen verpackt. Möglicherweise konnte man dem Spinner einige Geheimnisse abluchsen, die sich für das Star-Wars-Programm nutzen ließen. Selbst Wang Bangs Heftchen waren durchleuchtet und nach chiffrierten Botschaften abgesucht worden.

»*Die Kralle der Shaolin*«, sagte eines der kantigen, glattrasierten Nußknackergesichter zu einem anderen, das offenbar einem Vorgesetzten gehörte. »Die Shaolin waren ein Geheimbund aus dem 16. Jahrhundert.«

»Überprüfen«, sagte der. »In zwei Stunden will ich einen kompletten Bericht.«

Mittlerweile war Rupert müde geworden. Man reichte ihm eine seiner Tafeln Schokolade nach oben. Er aß sie auf, worauf er zwei Zentimeter an Höhe verlor, und dann streckte er sich in der Luft aus und schlief ein.

Am nächsten Morgen, die Sonne brach soeben über die Wipfel des Tannenwaldes am Rande der Wiese, sah Rupert, daß das Gelände um die Klause mit gelbem Klebeband der Polizei abgesperrt war. Eine Karawane von glitzernden Autos schlängelte sich aus dem fernen Tal die Serpentinen hinauf bis zur Bergwiese, die in einen großen Parkplatz verwandelt worden war. Fliegende Händler hatten ihre Buden aufgeschlagen und boten »Rupert-Burger« für fünf Dollar an, was Rupert halsabschneiderisch fand. Polizeihubschrauber kreisten über dem Wald.

Als Rupert gefrühstückt hatte, einen Rupert-Burger, der ihn mit einem Ruck um zehn Zentimeter absacken ließ, ging der Meditationslehrer, der sich selbst zu Ruperts

Agenten ernannt hatte, mit ihm durch, was er »lästigen Papierkram« nannte.

Kornstein trug nun nicht mehr seine weite indische Leinenhose und das Brokatjäckchen, sondern einen Zweireiher, in dessen Taschen drei mobile Telefone steckten. Von seiner Leiter aus besprach er mit Rupert die vorliegenden Angebote.

Eine Fluggesellschaft wollte ihn für ihre Commercials. Ferner war da eine Tierhandlung, die ihn in ein Hamsterkostüm stecken und über einer ihrer Hauptfilialen auf der Madison Avenue festbinden wollte. »Ich denke«, sagte Kornstein, »davon lassen wir besser die Finger. Wir sollten seriös bleiben.« Rupert nickte.

»Wir sollten uns auch politisch nicht festlegen lassen.« Ein republikanischer Gouverneurskandidat aus New Jersey hatte sich gemeldet, der Rupert als Sinnbild seiner Überparteilichkeit einsetzen wollte. Motto: »Ich schwebe über allen Lagern – wie Rupert.«

Kornstein wurde unterbrochen von einer High-School-Klasse, die unter Rupert Aufstellung genommen hatte und nun die *Battle Hymn of the Republic* sang. Nach *Glory, glory, hallelujah* brachten sie ein neues Lied, das sie für Rupert komponiert hatten mit folgendem Refrain:

»Hörst du die Sterne, hörst du die Sonne,
                            sie rufen dir zu,
Ruhupert, Ruhupert, unser Glück bist du.«

Rupert war gerührt und daneben überaus dankbar, daß Kornstein ihm Sachen zum Wechseln gebracht hatte, denn plötzlich kam er sich schäbig vor mit seinem zerknitterten t-Shirt und der ausgebeulten Hose.

Als Rupert die Decke wieder abwarf, mit der er sich verhüllt hatte, um sich umzuziehen, sah er, daß er rotweiß gestreifte Hosen und einen himmelblauen Smoking trug, den exakt dreiundfünfzig weiße Sterne zierten. Er war zur patriotischen Zirkusnummer geworden.

Im Laufe des Tages sank Rupert weiter. Am frühen Nachmittag war er bereits in Höhe der Fenster, in der die weiblichen Meditationsgäste untergebracht waren. Doch als Kornstein ihm den Telefonhörer reichte und ihm ehrfürchtig zuflüsterte, wer ihn zu sprechen wünschte, schoß Rupert wieder in die Höhe: Steven Spielberg war am Telefon!

Die Leitung aus Los Angeles war nicht sehr gut. Offenbar hatte auch Spielberg nur einen mobilen Apparat, in den er hineinbrüllte, während er ganz offensichtlich auf- und ablief. Im Hintergrund hörte Rupert Rauschen und Knacksen und etwas, das sich wie Rülpsen anhörte. Rupert fragte, was es damit auf sich habe.

»Wir planen einen Film über Dinosaurier«, sagte Spielberg, mit den Nerven ziemlich am Ende. »Wir sprechen gerade mit einem Tyrannosaurus und seiner Frau. Er geht ja noch, aber sie ist eine unglaubliche Diva. Will zum Dinner nur noch Anwälte mit Yale-Abschluß. Sie behauptet, sie bekäme von den anderen Sodbrennen.« Er murmelte irgend etwas von Stars und ihren Zicken, und Rupert fühlte mit ihm. War schon ein verrücktes Pflaster, dieses Hollywood.

Dann fragte Spielberg nach seinen Plänen und was er gerade mache.

»Ich hänge zur Zeit ein bißchen in der Luft«, meinte Rupert kleinlaut. »Die Abflußmittel-Leute wollten sich zwar noch mal melden, aber zur Zeit bin ich eigentlich eher freischwebend.« Spielberg wollte wissen, ob Rupert schon einmal einen Flugsaurier gespielt habe.

»Nein«, sagte Rupert aufgeregt, »aber ich traue mir das durchaus zu.«

»Wir schreiben den Part gerade um«, sagte Spielberg. »Auf Ihren Typ. Mir kommt es immer darauf an, den Typ zu besetzen. Morgen haben Sie ein Drehbuch. Geben Sie mir mal Ihren Agenten.«

Rupert stotterte ein »Dankeschön« und reichte den Hörer zurück an Kornstein und flüsterte. »Spielberg, ich-fass-es-nich.«

Mittlerweile hatten die Zeitungsleute ihre Fotos gemacht und waren bereits auf dem Weg zurück in ihre Redaktionen. Die Fernsehreporter saßen rauchend vor ihren Übertragungswagen und überlegten sich neue Drehs. Der »fliegende Rupert« hatte sich mittlerweile leicht abgenutzt.

»Vielleicht könnte man ihm 'ne Akrobatin zuführen«, meinte einer der Reporter. »Liebe über den Wolken, oder so ähnlich.«

»Über den Wolken ist gut«, meinte sein Produzent. »Der ist gesunken. Das sind doch höchstens noch fünfzehn Meter. Er wirkt 'n bißchen übergewichtig. Vielleicht sollte er aufhören zu essen.«

Tatsächlich hatte Rupert wieder an Höhe verloren. Wieder schwebte er leuchtend vor den Fenstern der Mädchenabteilung, und da es nun Abend geworden war und die

Frauen mit ihrer Nachttoilette beginnen wollten, zogen sie die Vorhänge zu. Einige klappten sogar die hölzernen Läden vors Fenster, weil Ruperts Leuchten in die Zimmer drang. Vor allem die blonde Kindergärtnerin, die Druidenexpertin, beklagte sich, daß sie nicht schlafen konnte »bei dem ewigen Geflimmer«.

Überhaupt hatte sich die Stimmung leicht zuungunsten Ruperts verschoben. In den Nachrichten war längst wieder von Marienerscheinungen in Brooklyn und Monsterkürbissen in Maine die Rede, der Strom der Pilger war dünner geworden, und einige Kinder bewarfen Rupert mit Erdnüssen, »Ruperts Mischung«, die in den Buden nun zu Spottpreisen verkauft wurden.

Es herrschte eine generelle Ausverkaufsstimmung. Kornstein hatte sich schon geraume Zeit nicht mehr blicken lassen, und Rupert litt unter der Mißachtung, weshalb er weiter an Höhe verlor wie ein Luftballon, der langsam schlapper wird.

Nun war er schon im zweiten Stock angekommen, bei der Männerabteilung. Er sah Kant hinter dem Fenster stehen, der ihn ausdruckslos anstarrte, und offenbar hatte Ruperts Fähigkeit, Gedanken zu lesen, in dem Maße abgenommen, in dem er an Flughöhe eingebüßt hatte – er konnte noch nicht mal mehr Kants Bestellnummern erkennen.

Gegen neun Uhr abends schwebte Rupert nur noch gut drei Meter über dem Erdboden. Er navigierte sich durch die Eingangstür, schwebte den Korridor hinunter, stieß die Schwingtür zum Meditationsraum auf, in dem sich die Schüler bereits zur Nachtsitzung niedergelassen hatten. Rupert flog hinüber zu seinem Platz, direkt neben Kant.

Es gab ein kleines Geräusch, das wie »pffffft« klang, und dann saß Rupert wieder auf dem Parkett, er spürte die Polyacryldecke unter seinem Hintern, und im nächsten Moment ertönte der Gong.

Rupert sah sich um. Er beobachtete Kant, der langsam die Augenlider hob, schwer wie die eines dösenden Krokodils, und dann leer in die Stille starrte. Offenbar hatte keiner von Rupert Notiz genommen. Ja, es war genauso, als ob nichts – oder besser: das Nichts – passiert sei, und vorne saß Kornstein in seiner indischen Hose und dem Brokatjäckchen und räusperte sich fein.

Plötzlich entdeckte Rupert, daß es immer noch Vormittag war, und daß die Sonne immer noch über der Wiese stand, auf der keine Autos parkten und die mit ihrem Blumenteppich auch nicht so aussah, als ob in den letzten Monaten dort irgendwer geparkt hätte außer ein paar Hummeln, die sich an den Blütenstempeln mästeten.

Rupert genoß den neuen Bodenkontakt nicht ohne eine gewisse Erleichterung. Nun gab es zwar kein Spielberg-Engagement, aber er war sich ohnehin nicht sicher, ob er der Flugsaurier-Rolle gewachsen gewesen wäre. Der Buchhalter neben ihm ließ ihn nun völlig kalt. Bestellnummern! Der Ärmste!

Ja, unter allen möglichen Wirklichkeiten, mit denen sich die Quantenphysik und die Cybernauten und Carlos, wenn er stoned war, herumschlugen, schien Rupert die eigene nun gar keine schlechte Wahl. Er genoß die Stille und das kühle Rauschen des Waldes in den folgenden andert-

halb Wochen, und als er wieder nach New York zurück-
fuhr, genoß er den Anblick, den Manhattan ihm bot, als er
die Schleife des New Jersey Turnpike hinabfuhr, des glitzernden Gebirges, in dessen Schluchten er sich aufgehoben
fühlte wie in einem Traum, der von einem geträumt wird,
der fliegen kann.

Rupert als Kritiker

Als Rupert seinen vierunddreißigsten Geburtstag feierte, war Reagan wiedergewählt worden, und die Hitparaden wurden von einem blonden Transvestiten namens Madonna angeführt. Kurz darauf starb Albaniens Enver Hodscha. Es war ein scheußliches Jahrzehnt.

Rupert hatte seinen Durchbruch immer noch nicht geschafft. Es gab immer weniger Möglichkeiten für einen genialischen Glatzenträger, der vierunddreißig war und aussah wie fünfzig. Am Broadway machten stupide britische Musical-Importe Kasse, und die Off-off-Broadway-Theater im Village wichen einer Invasion von Sushi-Restaurants, die von zwanzigjährigen Lümmeln in Maßanzügen frequentiert wurden.

Noch immer war Rupert ohne festes Engagement und konnte seine Miete nur selten pünktlich bezahlen. Er war klein, hatte eine Stirnglatze und machte einen eher ängstlichen Eindruck, weshalb er auf kleine, glatzköpfige, ängstliche Rollen spezialisiert war.

Da normalerweise eher die gefährlichen Mad-Max-Typen gefragt waren – groß, vollhaarig, mutig –, hatte er zu strampeln, um über die Runden zu kommen. Was ihn noch kleiner, glatzköpfiger und ängstlicher machte. Weshalb er in diesen Rollen immer perfekter wurde. Ein tragischer Kreislauf: Je weniger er angefordert wurde, desto besser beherrschte er die Rolle, für die er nicht angefordert wurde.

Rupert verließ sich auf einen Agenten, der überarbeitet und depressiv war, weil er hauptsächlich Rupert vertrat. Die einzig wichtige und existenzlegitimierende Aufgabe des Agenten bestand in den Augen Ruperts darin, den längst überfälligen entscheidenden Anruf aus Hollywood entgegenzunehmen.

Manchmal rief Hollywood direkt bei Rupert zu Hause an, und zwar immer dann, wenn er gerade von Besorgungen zurückkehrte. Er hörte den Anruf regelmäßig im Treppenhaus. Er hastete die Stiegen hoch, drei Stockwerke, trat die Tür auf, sein Herz raste, er hechtete zum Telefon – und hob eine Zehntelsekunde zu spät ab.

Er war überzeugt davon, daß Hollywood in letzter Zeit öfter nach ihm gefragt hatte. »Es ist doch nicht normal«, knirschte er bei seinem letzten Besuch in Kleibers kleiner Village-Wohnung, »daß du in jedem zweiten Film heutzutage Danny DeVito siehst.« Danny DeVito war klein und glatzköpfig und berühmt durch Rollen, die eigentlich für ihn, Rupert, bestimmt waren.

Rupert glaubte, daß sein Agent einfach vergaß, ihn zu benachrichtigen, eine Zwangsvorstellung, die ihn nachts öfter schweißgebadet aufwachen ließ.

Im Geiste sah er dann irgendwo auf dem wurmstichigen Agentenschreibtisch, zwischen all den Anfragen von Seniorenheimen und Stadtteilfesten, eine krakelige Notiz:

»Anruf: Sidney Pollack. Will Rupert für Titelrolle in Napoleon-Film. Bietet fünf Millionen und prozentuale Beteiligung.«

Und darüber hatte der Agent einen größeren Zettel abgelegt, auf dem stand: »Betriebsfest bei Woolworth. Rupert soll Vogelstimmen imitieren. Könnten gut hundert Dollar rausspringen. Braucht aber noch das Okay des Abteilungsleiters … Unbedingt nachhaken!«

Rupert ging nur noch selten aus, um den entscheidenden Anruf nicht zu verpassen. Er wachte über sein Telefon wie eine Nonne über den Schlaf eines malariakranken Kindes. Er lebte von Konserven. Er kannte keine Freunde mehr – nur noch lästige Störer, die mit ihren Anrufen bei ihm die Leitung blockierten. »Tach 'chmuß Schlußmachen«, schnappte er bei Carlos' letztem Anruf und knallte den Hörer auf die Gabel. Es klang wie der Schuß eines Selbstmörders.

Kurz und gut: Rupert wurde nervös. Seine Karrierelosigkeit hatte die Aura heldenhafter Verweigerung verloren. Im neuen Jahrzehnt galt sie als Stigma, als Brandmal sozialen Versagertums. In der Logik der wölfischen Reagan-Jahre führte man Armut nicht auf Prinzipienfestigkeit, sondern auf Dummheit zurück.

Nicht daß Rupert auf seine Prinzipien gepfiffen hätte. Er hatte seinem Agenten eingeschärft, wachsam zu bleiben. Sie saßen im Operncafé gegenüber der Met, mit Blick auf den Bankautomaten der Chase Manhattan, der von jungen, schönen, sorglosen Erfolgsmenschen angelaufen wurde wie eine Tankstelle auf der Vergnügungsfahrt durchs Leben.

Ruperts Agent hatte sich nur unter der Bedingung zu dem Treffen bereit erklärt, daß Rupert seine Rechnung selber übernahm.

»Prinzipien«, philosophierte Rupert, »sind das A und O.« Und dann schärfte er seinem Agenten ein, daß er für

Commercials von Waffenproduzenten nicht zur Verfügung stünde.

»Keine Sprünge aus Hubschraubern! Keine Granatwerfer-Demonstrationen!«

»Wer springt aus 'm Hubschrauber?« fragte der Agent, dessen Augen einem Faltenrock hinterhergewandert waren. »Also generell, würde ich sagen, hält sich die Waffenindustrie mit Angeboten zurück.«

Allerdings auch sämtliche anderen Industrien. Und erst recht die in Hollywood. Aber das dachte er sich nur, weil er Angst hatte, auf Ruperts Eistee sitzenzubleiben.

»Übrigens«, fuhr der Agent fort, »ist es verdammt schwer, dich zu erreichen. Du solltest dir mal einen Anrufbeantworter zulegen.«

Kurz darauf stand Rupert im Wiz-Laden auf dem Broadway an der 90. Straße vor einer Glasvitrine und starrte wie hypnotisiert auf eine Batterie dunkler Plastikgehäuse. Lautlos bewegte er die Lippen. Rupert hatte einen Entschluß gefaßt. Ja, er war tatsächlich bereit, sich der fortgeschritteneren Bürotechnik anzuvertrauen, ausgerechnet er, der schon mit seinem Toaster Probleme hatte.

Drei Wochen später saß er Kleiber in ihrer Stammkneipe gegenüber. Ausgeruht, souverän, Siegerlächeln. Er trug seine gelbe Krawatte über dem violetten Paisley-Hemd, er trug Ringe und schwamm in Rasierwasser. »Freiheit«, rief er euphorisch, »die Technik verschafft uns Freiheit. Während wir hier miteinander reden, kümmert sich die Maschine um meine Engagements.« Und er bestellte noch einmal das gleiche.

Er hatte Tage gebraucht, um sich durch die Bedienungs-

anleitung hindurch zu arbeiten. Das hieß in seinem Fall –
denn er war Schauspieler –: Er lernte sie auswendig, bis er
textsicher war.

Er liebte Kapitel fünf: »Bedienungsweise von dem Fern-
gerät.« Die Anleitung enthielt eine Rohübersetzung aus
dem Koreanischen, weil das Gerät aus Korea kam. Rupert,
der ein ausgesprochen poetischer Mensch war, liebte die
Blumigkeit der Gebrauchsanweisung, ihre kreative, aber
nur sehr vage semantische Annäherung an das gängige
Technologenvokabular.

Er hatte keine Schwierigkeiten mit der »Stechstrippe«,
dem Stecker, oder der »Rotblinke«, dem Kontrollämp-
chen. »Einfach presse den Wiederspielknopf«, memorierte
er lächelnd und bestellte die nächste Runde. »»Wenn deine
Botschaften am Spielen beendigt sind, wird das Band halten«« – Mann, das ist der pure Gesang, das ist Technolyrik,
das ist die Synthese aus Shakespeare und Raumfahrt.«

Rupert erzählte von der Installation seines koreanischen
Anrufbeantworters so euphorisch und ausschweifend wie
ein Astronaut, der seinen ersten Raumflug erfolgreich ab-
geschlossen hat, von seiner Mission.

Er hatte Tage gebraucht, um die Telefonansage aufzu-
nehmen – »Exakt zehn Sekunden, ohne Sprechenspause«,
verlangte die Gebrauchsanweisung. Rupert war ein dra-
matischer Sprecher, der Pausen liebte. Doch schließlich
hatte er auch diese Hürde genommen.

Das Ergebnis klang gepreßt, atemlos, ein wenig schrill.
Etwa wie ein Geständnis unter Elektroschocks, mit einem
Aufschrei am Ende, den man von Perlfischern kennt, die
zu lange auf Grund geblieben sind und mit einem roten

Blitz hinter den Augen auftauchen und nach Luft schnappen: »Hierissleidernur dwantworter von Rupert Luppwitz 'chbinbschäftigt s'könnabereine Nachrichtichrufzurück schiiiiiaaaahhhhhh.« Der letzte Zischton war ein gepeinigtes Luftholen.

Rupert war stolz. Er nötigte Kleiber in eine Telefonzelle, drückte ihm Kleingeld in die Hand und forderte mit blitzenden Augen: »Ruf mich an.«

Als Kleiber wieder eingehängt hatte, fragte er: »Und? Wie klingt's?«

»Sagenhaft«, sagte Kleiber.

»Ehrlich?!«

»Es klingt, als hättest du verdammt viel zu tun, aber daß du jedem 'ne faire Chance gibst, mit 'nem Angebot rüberzukommen, selbst Hollywood.«

Rupert nickte zufrieden.

Dann verschwand Rupert plötzlich wieder von der Bildfläche. Nach einigen Tagen rief ihn Kleiber an. Beunruhigt. Und er hörte Ruperts Stimme, im gewohnten Schweinsgalopp, doch sie klang verzweifelt. »Offenbar ist die Maschine kaputt. Es kann sein, daß Sie mich dennoch verstehen. Dann rufen Sie mich bitte spä…« Das folgende »tuuut« klang wie das letzte Morsezeichen eines in die Weiten des Alls abgedrifteten Raumfahrers.

Ein paar Tage darauf hatte sich die Lage offenbar verbessert, wenn auch noch Grund zur Skepsis bestand. Kleiber hörte Ruperts Stimme klar und deutlich. »Hier ist der Anrufbeantworter von Rupert Lubowitz. Es scheint wieder alles in Ordnung zu sein. Sollte ich mich bei Ihnen aber nicht melden, versuchen Sie es noch einmal.«

Kleiber stellte sich Sidney Pollack im Gespräch mit den Studiobossen vor. »Ich glaube, wir könnten Lubowitz für die Rolle bekommen – sein Anrufbeantworter funktioniert wieder. Ich versuch's später noch mal.« Und die Studiobosse am Konferenztisch würden begeistert nicken.

Doch Ruperts Skepsis war berechtigt. Einige Tage später der Kollaps. »Die Maschine ist kaputt«, kam die Stimme vom Band. »Sie verschluckt... Botsch... nicht noch einmal. Nieder mit Korea...« Und Sidney Pollack am anderen Ende wirft den Hörer auf die Gabel und sagt: »So 'n Mist!«, und: »Christine, rufen Sie doch mal Danny DeVito an.«

Kleiber traf Rupert einige Wochen später in einem Hi-Fi-Center am Times Square wieder. Er trug den Overall mit dem Firmennamen auf dem Rücken und erklärte gerade einem Kunden die Funktionen eines neuen Großbildfernsehers. Er war zufrieden mit sich. Hollywood hatte nicht angerufen, aber sein Agent hatte ab und zu kleinere Rollen für ihn. Und sein Job hier machte ihm Spaß.

»Aber Rupert«, sagt Kleiber, »du hast doch keinen blassen Schimmer von Technik.«

»Wer hat das schon«, zischelte Rupert leise und sah sich um, um sich zu vergewissern, daß ihm keiner zuhörte. »Aber, glaub mir, schauspielerisch ist das hier sehr befriedigend.«

Kurz darauf hatte Rupert einen Sony-Großbildfernseher in eine Penthousewohnung in der 59. Straße zu befördern. Schon der Portier unter dem Baldachin am Eingangsportal sah aus, als ob er Schmiere stehe für all die kolumbianischen Drogenbarone und Steuerhinterzieher, die hier residierten. Mit müder Arroganz nahm er Rupert in Augenschein und ließ ihn warten. Schließlich griff er zum Telefon und meldete den Lieferanten.

Rupert schob die Karre in den Fahrstuhl und sauste in den vierunddreißigsten Stock. Als er das Apartment betrat, mußte er erst einmal tief Luft holen. Der Blick durch die Panoramascheibe war einer, den Götter haben. Wer morgens so aufwacht, dachte sich Rupert, hat von vornherein gewonnen. Unter sich sah er die Queensboro Bridge, deren stählerne Hängekonstruktion an ein gigantisches liegendes Dollar-$ erinnerte. Allerdings: Es waren die achtziger Jahre, und da sah bei näherem Hinschauen alles aus wie das Dollar-$.

Der Bursche, der in italienischen Slippern auf den Marmorfliesen stand, dirigierte Rupert und das TV-Gerät in eine Ecke, in der eine moderne Skulptur aus Stahl und Gold stand. »Stellen Sie's dort ab. Wollen Sie einen Drink?«

Er hieß Prescott Baldwin und war zweiundzwanzig Jahre alt, jünger als er aussah. Er hatte gerade die Harvard Business School absolviert und nebenher mit Wertpapieren ein Vermögen gemacht. Das Wertpapiergeschäft lief weiter. Darüber hinaus hatte er eine Consultingfirma für Computernetze, mehrere Copy-shops rund um die Columbia University und ein neues Magazin, das im Village lokalisiert war.

»*Mean & Screen.* Kennen Sie's?«

Rupert kannte die Zeitschrift, ein großlappiges Ding voller Modeanzeigen und Titelgeschichten über Stehlampendesigns, die als Bewußtseinsrevolten vorgeführt wurden. Kurz: Es war leer, großmäulig und dumm.

»Der Kinoteil läßt ziemlich zu wünschen übrig«, meinte Rupert diplomatisch.

»Verstehen Sie was davon?«

Rupert erklärte, daß er eigentlich Schauspieler sei und schon während seiner Zeit in der Filmklasse der NYU so ziemlich jeden Film gesehen habe, der seit Georges Méliès' »Reise zum Mond« von 1902 gedreht worden sei.

Vielleicht, führte er aus, habe er einige Lücken, was den sudanesischen Dokumentarfilm anginge, und er schwanke noch, ob Eisensteins Theorie, daß der Film nicht Geschichten erzählen, sondern wie die moderne Kunst mit seinen Bildern Raum und Zeit erforschen solle, nicht doch Schwachsinn sei, aber eines wüßte er sicher – daß *Mean & Screen*, ein Blatt also, das das Wort »Leinwand« in seinem Titel trage, im Bereich der Filmkritik ziemlich schwachbrüstig sei.

Der Junge schaute Rupert nachdenklich an. »Wer war Eisenstein?« fragte er.

»Ein Filmregisseur, der dachte, er arbeite fürs Volk. Dabei hat er nur für den lieben Gott gearbeitet. Und für Stalin. Aber das war damals das gleiche.«

Der Junge goß Rupert einen weiteren Drink ein und fragte, ob er Erfahrung als Schreiber habe. »Ein paar Drehbücher, die nie produziert wurden«, meinte Rupert. »Wieso?«

»Weil ich Sie als Filmkritiker haben will. Wieviel verdienen Sie? Ich zahle das Doppelte.«

Rupert mogelte ein paar Dollar zu seinem Gehalt hinzu, und Baldwin griff zum Telefon und annoncierte Ruperts Besuch bei seinem Chefredakteur.

Rupert kannte die Adresse. Sie lag nur zwei Häuser südlicher als jener pompöse, neobarocke Bau am unteren Broadway, wo Besetzungen für die Tourneeaufführungen von Broadway-Shows zusammengestellt wurden. Als Regieassistent einer Musical-Adaption von »Saturday Night Fever« hatte er das Casting betreut – lauter langbeinige, überirdisch gutaussehende Elfen hatten mit ihm geflirtet, um an eine der begehrten Rollen zu kommen. Es war ein Musterbeispiel für die charakterverkrümmenden, zum Opportunismus verführenden Zwänge des Showbusiness, und Rupert hatte sie in vollen Zügen genossen.

Allerdings gab es Grenzen. Mit den neuen Zeiten hatte eine neue Kaltschnäuzigkeit Einzug gehalten, mit der er nichts zu tun haben wollte. Doch da ihm die TV-Schlepperei allmählich auf die Wirbelsäule schlug, war er bereit zur Prostitution. Er betrog sich mit der alten Maxime, daß man ein System ja auch von innen verändern könne. Kurz: Er war bereit zur Aufgabe. Er war bereit, für ein Hochglanz-Zombie-Blatt zu schreiben, nur um an ein paar Mäuse zu kommen.

Die Redaktionsräume sahen aus wie das Blatt, das hier entstand: riesig und leer. Ein paar Strahler, Poster in fleckigen Eisenrahmen, dekorativ freigelegter Putz und unbearbeitete rote Ziegel.

Im Büro des Chefredakteurs stand ein italienisches buntes Schubschrankimitat. Davor hatte sich der Chefredakteur postiert, der aussah wie sein Schrank. Er trug ein rotes Brillengestell und einen Dreitagebart, und er grinste sein »Freunde des Chefs«-Grinsen. Rupert unterdrückte nur mühsam den Impuls, ihm auf den Schreibtisch zu kotzen.

Sie vereinbarten einen Essay über den phänomenalen Erfolg von »Jenseits von Afrika«, und Rupert holte sich seinen Vorschuß an der Kasse ab. Abends lud er Kleiber und Carlos in ein finsteres koreanisches Lokal in der 32. Straße ein und erzählte ihnen von seinem Verrat. Allerdings fanden die beiden nichts dabei. Carlos, der einen Naturkostladen aufgezogen hatte, hatte seit neuestem sogar Hormonpräparate für Gewichtheber im Angebot.

»Das Zeug geht rasend weg«, sagte er. »Alle im Fitneß-Taumel. Diese Wallstreet- und Harvard-Visagen rennen mir die Bude ein. Völlig neue Laufkundschaft. Alle wollen in vier Wochen aussehen wie Michelangelos David. Die ziehen sich das Zeug rein wie Haferflocken. Legalize Anabolika! Sollen sich diese Wettbewerbshengste doch um die Ecke bringen, taugen eh nichts!«

Er grinste hinterhältig.

»Ich warte auf den Moment, an dem all die aufgepumpten Muskelballons platzen. PLOPP! Stellt euch die Sauerei vor! ›Nein, Sir, ich kann Sie leider nicht mit Mr. Filmheini-Großkotz verbinden, weil er nämlich soeben geplatzt ist wie einer seiner faulen Schecks.‹«

Kleiber hob seinen Reisschnaps und sagte: »Venceremos.«

Auch er hatte ziemlich bewegte Zeiten hinter sich. Ja, das Gesicht der Revolution hatte Falten bekommen – es war übersät von einem unübersichtlichen Gewirr von Tälern und Verwerfungen, von harten Frontverläufen und Überkreuzungen, ein Veteranengesicht der Subkultur, und man brauchte schon eine verdammte Sturheit, um noch durchzublicken, wer da gegen wen war.

Kleibers Freundin war aus politischen Gründen in den radikalen Flügel der Lesbenbewegung übergewechselt. Da sie heimlich aber immer noch mit Kleiber schlief, fühlte sie sich schuldig. Ein verzwicktes Problem – sie war eine Lesbierin, die nicht den Mut hatte, sich zu ihrer heterosexuellen Veranlagung zu bekennen. Um ihre Schuld zu kompensieren, redete sie Kleiber mit weiblichen Vornamen an und duldete nur noch Lila in der Wohnung. Ihre Therapeutin meinte, das sei in Ordnung, solange sie ihn nicht schlage und regelmäßig zu den Sitzungen erscheine. Kleibers Therapeut hatte ähnliche Probleme. Kleiber ließ sich von ihm dafür bezahlen, daß er mit ihm trinken ging.

Die Subkultur stand Kopf. Es war das Ende der Welt, eine heillose Verwirrung. Die schwarzen Marxisten wollten mit den weißen Marxisten nichts mehr zu tun haben, und die chinesischen Marxisten kämpften gegen Ableger der Viererbande in ihren eigenen Reihen. Und alle wurden von ihren Freundinnen bekämpft.

Natürlich kamen die Radikalökologen mit ihrem eigenen Senf. Es war schwierig, da noch einen gemeinsamen Nenner zu finden, ein verbindliches Aktionsprogramm. Dann war da der Streik an der New Yorker Universität. Eine Zeitlang einigte man sich auf einen Vorlesungsboykott mit sehr vage gehaltenen Forderungen. Doch auch diese Bewegung zerfiel in Revisionisten, die sich mit der Zuteilung eines Extraraumes zufriedengaben, und einen radikaleren Teil, der auch das Telefonnetz unbegrenzt nutzen wollte, da es um den gleichberechtigten Zugang zu allen Kommunikationsmitteln ginge.

Die neuen Zeiten – Kleiber nannte die achtziger Jahre

»die neuen Zeiten« – erforderten phantasievollere Erklärungsmuster als die herkömmlichen. Für Kleiber war die sogenannte Reagan-Revolution eine geschickt getarnte Invasion von Humanoiden, deren Ziel es war, das Schlechteste aus den Menschen herauszuholen.

»Schau dir an, wie sie aussehen«, pflichtete ihm Carlos bei. »Alle jung, alle schön, alle reich. Das ist doch nicht normal. Die sind irgendwo in Kalifornien gelandet, und jetzt sitzen sie an der Wallstreet und wohnen in Apartments aus Carrara-Marmor. Ich hab die ab und zu bei mir im Keller. Glaub mir, die saufen Strom, die sind Programme, die sind gefühlsleer. Die sind ANDERS!«

Kleiber nickte betrübt. Sein Geld verdiente er als Archivar in der Klassik-Abteilung der Public Library, wo er viel Zeit hatte, sich bei seltenen Kleiber-Einspielungen von den neuen Zeiten zu erholen.

»Musik ist Harmonie«, sagte Kleiber versonnen, »sobald der Mensch den Mund aufmacht, um zu reden, ist er verloren. Im übrigen: Es hört sowieso keiner mehr zu. Du kannst sagen, was du willst, alles ist Quatsch. Alles ist Dada. Quatsch in Quatsch. Also auf deinen neuen Job, Rupert. Schreib einfach, was die anderen nicht schreiben. Sei so absurd wie möglich. Zerstör die Form der Kritik. Zerstör die Sprache. Zerstör den Sinn, dann zerstörst du das System von innen!«

»Venceremos«, sagte Carlos und hob sein Glas, und Rupert sagte »Amen«.

Schwer in Fahrt von seinen drei Reisschnäpsen, setzte sich Rupert noch in derselben Nacht an seine Schreibmaschine und hämmerte seine Filmkritik hinein. Es ging noch leichter, als er dachte. Filmkritiker ließen sich dafür bezahlen, daß sie eine Meinung hatten. Eine Meinung hatte jeder. Man saß am Schreibtisch, hatte eine Meinung und verdiente Geld damit. Es kam nur darauf an, daß die Meinung extrem war oder wenigstens unverständlich und daß sie in möglichst jeder Zeile dem gesunden Menschenverstand widersprach und sich den Erfahrungen und Überlegungen des Kinobesuchers widersetzte. Denn jeder Kritiker, der auf sich hielt, schleuderte dem Kinobesucher seine Verachtung entgegen. Der jeweilige Film hatte damit nichts zu tun. Er war nur das Vehikel.

»Jenseits von Afrika« war Schmachtkino mit Safariromantik, koloniales Savannenambiente mit einer Dreiecksliebesgeschichte und Mozart-Musik. Absolut harmlos. Also dechiffrierte Rupert den wohlkalkulierten antisemitischen Kern dieser »Hollywood-Lüge«, den »Besetzungs-Coup«, der nur blonde, blauäugige Hauptdarsteller präsentierte, und er nannte den Einfall, den zweiten Satz des Mozartschen Violinkonzerts den Szenen von fliegenden Flamingoschwärmen zu unterlegen, »faschistoid«.

Dann verlor er sich für ein paar Absätze in einer kleinen »Theorie der Bilder«, in der er den ganzen kaltschnäuzigen Mist, an den er sich aus seinen Semiotik-Seminaren erinnerte, noch einmal zusammenkratzte. Der Trick bestand darin, die banalsten Selbstverständlichkeiten pompös und wichtig erscheinen zu lassen.

In der Kritik eines einflußreichen Rezensenten war er einmal auf den erschütternden Satz gestoßen: »Vor jeder Vorstellung geht das Licht aus.« Seine eigene Abhandlung ließ er in dem Satz gipfeln: »Ein Kinobild verweist immer nur auf eines – das nächste Bild, und das achtzehnmal in der Sekunde.«

Dann ließ er die Zügel schießen. Sein Publikum hatte sowieso keine Ahnung, also verglich er »Jenseits von Afrika« mit einem erfundenen nigerianischen Kunstfilm, und er pries dessen »emanzipatorische Kamera« und die langen Einstellungen aus einem Freudenhaus in Lagos.

Er schloß mit der Bemerkung, daß er Meryl Streep noch nie leiden konnte, daß er Robert Redford ein Facelifting empfahl und daß Sidney Pollack wohl der Mut fehle, mit kleinen glatzköpfigen jüdischen Schauspielern zu arbeiten, die auf den ersten Eindruck ängstlich wirkten.

Er unterschrieb den Artikel mit »Alexander von Strattman«. Er hatte sich das Pseudonym ausgedacht, weil es deutsch klang und damit absolut verstiegen und extravagant.

Die strikte Wahrung seines Inkognito hatte er zur Bedingung gemacht. Daß er unter seinem eigenen Namen schrieb, kam für ihn von vornherein nicht in Frage. Schließlich gedachte er noch als Schauspieler Karriere zu machen, und ihm war klar, daß er in seiner Kolumne eine ganze Menge wichtiger Leute beleidigen mußte, um wahrgenommen zu werden.

Ruperts Kolumne sorgte für Aufsehen. Da war genau diese Mischung aus Krawall und intellektuellem Tralala, das die Designfetischisten für ihre Partygespräche brauchten. Prescott Baldwin rief ihn an und meinte, er hätte zwar kein Wort verstanden, aber es klänge enorm gut. Vor allem die Passage mit dem nigerianischen Film hätte Eindruck gemacht. Er sei am Vorabend auf einer Vernissage auf den

Filmkritiker von *Newsday* gestoßen – und der habe von dem Film, wie er beschämt eingestand, noch nie gehört.

Rupert mochte den Jungen. Deshalb riet er ihm, die Kritik nicht allzu ernst zu nehmen, und wenn er sich ein paar schöne Stunden machen wolle, solle er sich »Jenseits von Afrika« ruhig einmal anschauen.

Es dauerte nicht lange, da war von Strattman eine eingeführte Größe im New Yorker Kritikerreigen. Seine Ansichten mochten verquer sein, aber sein immenses Wissen verschuf ihm Autorität, und sein beachtliches Talent für Gehässigkeiten brachte ihm eine treue Anhängerschaft in der Szene. Rupert verstand sich auf das Erfinden von Filmplots. In Rockaway Beach hatte er damit seine Klassenkameraden unterhalten, und nun unterhielt er Cineasten und bekokste Szenelümmel damit. Er schweifte ab. Er besprach Clint Eastwoods »Pale Rider« und verglich ihn mit den minimalistischen Arbeiten eines angeblichen Kurosawa-Schülers. Er beklagte, daß das Genie des rumänischen Proletkultfilmers Romanescu lange Zeit von der etablierten Filmkritik verkannt worden sei. Dann schwelgte er in den Erinnerungen an »Coole Pampe«, einen vergessenen »subversiven« Stummfilm von Josef von Sternberg, den dieser, so Rupert, heimlich in einer Besenkammer auf dem damals schon von den Nazis gleichgeschalteten Betrieb der UFA in Babelsberg gedreht habe.

Die Kinobesitzer begannen, in ihren Anzeigen aus Strattmans Kritiken zu zitieren. Rupert wurde ziemlich häufig genannt, weil er notorisch Filme empfahl, die von den Kollegen der *New York Times* oder des *New York Magazine* verrissen worden waren.

Da *Mean & Screen* vierzehntägig erschien, konnte er immer überprüfen, was die anderen geschrieben hatten. Er teilte sie in drei Kategorien ein: in die »Idioten«, die immer nur über sich selber schrieben, die »Mühseligen«, die wie Bilanzbuchhalter waren, und die »Beladenen«, die Berge von angelesenen Weisheiten mit sich herumschleppten.

Rupert hatte sich seine eigene Theorie über Filmkritiker gebildet, eine Metakritik sozusagen. Der Berufsstand war in eine Statuskrise geraten – keiner war sich mehr seines intellektuellen Einflusses auf die Gesellschaft sicher. Die Kritiker waren im Wettlauf mit den verschiedenen Avantgarden ermüdet. Sie fürchteten vor allem eines wie die Pest: hinterwäldlerisch zu erscheinen.

So nahmen sie die ungewöhnlichsten Perspektiven auf die blasierteste Weise ein. Sie überboten sich darin, ungewöhnlich zu sein. Im Grunde genommen ging es ihnen nicht mehr darum, populäre Kultur zu diskutieren, sondern möglichst schmeichelhafte Selbstporträts in ihren Kritiken zu entwerfen, mit denen sie ihr gestörtes Selbstwertgefühl pamperten.

Bei der Pressevorführung eines neuen Oliver-Stone-Films hatte er sich die Bande einmal angesehen. Sie saßen isoliert voneinander und zückten ihre Kugelschreiber wie Schwerter. Nach der Vorführung bemühten sich alle um ein möglichst ausdrucksloses Gesicht. Meinungen zu haben war offenbar ein hartes Geschäft – keiner wollte sich in die Karten schauen lassen.

Er fragte einen von ihnen, wie ihm der Film gefallen habe. Der Angesprochene zuckte zusammen. Rupert kannte ihn von seinen Kritiken her und hatte ihn eigentlich der Gruppe der »Idioten« zugerechnet – der Kerl schwafelte regelmäßig vom wilden, gefährlichen Leben und vom Kino, das »aus dem Bauch heraus« erlebt werden müsse. Einmal hatte er geschrieben: »Kino lohnt sich nur, wenn es lebensgefährlich ist.«

Rupert hatte sich den Schreiber immer als Truck-driver-Typ mit tätowierten Oberarmen vorgestellt. Nun stand ein durchaus schmaler, mönchischer Typ vor ihm, der über Ruperts direkte Frage erschrak. Dann flüsterte er gequält: »Ich muß es sich erst setzen lassen.«

In der Redaktion von *Mean & Screen* hatte von Strattman bald ein eigenes Postfach. Neben den üblichen Beschimpfungen und Fanbriefen gab es Anfragen wie die eines dänischen Professors, der wissen wollte, über welchen Verleih das lappländische Musical »Eis, Eis und noch mal Eis« zu beziehen sei. Rupert hatte in einer seiner Kritiken von den herrlichen weißen Kostümen geschwärmt, die »unbeschwert und kompromißlos zugleich« vor die weiße Naturkulisse gesetzt seien – »ein Stück Cinéma Verité im (weißen!) Gewande des Unterhaltungsfilms«. Selbstverständlich alles erfunden.

Er hatte gerade einen größeren Essay über die Verschlampung der Sprechkultur in Hollywood geschrieben. Ganz besonders hatte er Danny DeVito aufs Korn genommen, und dann hatte er einige längere Ausführungen über das Lebenswerk von Rupert Lubowitz eingeflochten.

»Wer kann heute noch ein simples Wort wie ›Bohnensuppe‹ so aussprechen, daß es klingt wie ›Bohnensuppe‹? Mir fallen nur zwei Namen ein: Laurence Olivier und Rupert Lubowitz.« Leider, schloß er seine Attacke, habe sich

Olivier aus dem Geschäft zurückgezogen – angewidert vom Kunstverfall der Branche, wie Rupert behauptete –, und von Lubowitz höre man viel zu wenig.

Als die ersten Einladungen zu Talk-Shows auftauchten, begann Rupert nervös zu werden. Da er in seiner Kolumne mittlerweile tun konnte, was er wollte, wandte er sich vom Film ab und ging über zu den Themen der Zeit.

Er behauptete, daß Mike Tyson die Weltmeisterschaft im Schwergewicht gewonnen habe, sei das direkte Resultat der von Gorbatschow soeben initiierten Perestroika. Er stellte fest, daß Rock Hudsons Aidstod reaktionär sei und Greg Lemonds Gewinn der Tour de France progressiv. Er bewertete den Bürgerkrieg in Jemen aus dem Blickwinkel des modernen Bürodesigns. Er schrieb Amok – und galt als der amüsanteste Schwätzer weit und breit. Die Einladungen zu Talk-Shows trafen nun säckeweise ein. Kein Zweifel: Er hatte es zu bunt getrieben. Nun war es Zeit für den Absprung.

Die Rettung kam in Form eines Anrufs. Wie üblich hörte er das Telefon im Treppenhaus. Wie üblich raste er hinauf, drei Stufen auf einmal nehmend, stürzte durch die Tür und riß den Hörer von der Gabel.

»Rupert?«

»Ja«, keuchte er. Er erkannte die Stimme seines Agenten.

»Hollywood hat angerufen.«

Rupert sank wortlos zu Boden.

»Es gibt da diesen Verrückten, der in einem dieser Modeblätter schreibt«, erklärte der Agent. »Der Kerl ist völlig irre. Hat einen deutschen Namen. Todsicher ein Pseudonym. Stratten. Schon mal gehört?«

»Nein«, sagte Rupert automatisch.

»Egal, der Kerl wird offenbar gelesen. Und vor ein paar Wochen hat er offenbar behauptet, du seist die größte Kanone neben Laurence Olivier. Du könntest selbst dann gut sprechen, wenn du 'n Mund voll mit Bohnensuppe hättest. Hab ich gar nicht gewußt.«

»Ich auch nicht«, sagte Rupert.

»Auf jeden Fall gibt's da eine Zeichentrickserie. Du sollst einen Gorilla sprechen. Zwanzig Wochen Arbeit. Pro Woche zehntausend. Dafür würde ich drei Gorillas machen. Rupert? Du sagst ja gar nichts!«

»Ich komme morgen früh rein und unterschreibe«, sagte Rupert und hängte auf.

Zum Teufel mit der Kunst. Er war entschlossen, den Affen zu machen. Vielleicht könnte er die Rolle ja als Berggorilla anlegen, sozusagen gegen den Hollywood-Zeichentrick-Strich spielen. Er baute sich vor seinem Schrankspiegel auf und hatte keine Schwierigkeiten, sich als Berggorilla vorzustellen.

Am nächsten Morgen begab er sich zur angegebenen Adresse, einem kühlen Glasriesen in der 56. Straße, dessen Hausnummer aus meterhohen Chromziffern bestand. Der Fahrstuhl entließ ihn im 38. Stock auf einen grünen Teppichboden, wo ihn eine Rezeptionistin von ihrem mausgrauen Stahltisch aus anschaute, als sei er ausgewürgt worden.

»Lubowitz«, sagte Rupert.

Die Rezeptionistin sah auf eine Liste, blickte ungläubig zu Rupert, wieder zurück zur Liste und griff schließlich seufzend zum Telefon.

Rupert ließ sich auf einem harten roten Würfel nieder, der sich als Sitz zu schade war und eigentlich nur als Kunstwerk betrachtet werden wollte, und griff zu einer Modeillustrierten.

Kurz darauf hörte er ein Lachen und schaute auf. Zwei Frauen steuerten untergehakt auf den Fahrstuhl zu. Eine von ihnen hatte blonde Löckchen. Sie drehte sich um. Ihre Augen standen immer noch schräg und waren blau wie Gebirgsseen.

»Mary!« rief er, »Mary Sandborne.«

»Rupert!«

»Was machst…«

»Rupert!« Diesmal war es eine Männerstimme. »Du alte Niete, was hat dich denn hier hochgeweht?«

Rupert drehte sich erneut um. Greg, das Stachelschwein, stand in der Tür hinter der Rezeptionistin. Er lächelte gemein und geringschätzig, so wie es alle taten, die mit Rupert zu tun hatten und wußten, daß sie mehr Erfolg bei Frauen hatten als er selber.

»Komm rein, Rupert«, er lachte gehässig, »wir müssen uns mal über einen gewissen Stratten unterhalten.« Dann legte er eine Hand auf die Schulter der Rezeptionistin, schaute ihr lüstern in den Ausschnitt und wandte sich mit einem Knochenbrecherlächeln Rupert zu.

Rupert spürte, wie ihm der Schweiß ausbrach. Im gleichen Moment plingte der Fahrstuhl.

»Rupert«, sagte Mary und lächelte.

»Rupert!« brüllte Greg, das Stachelschwein.

Und dann hörte er nur noch das Bammbamm seines inneren Maschinenraums, das Rauschen und Blubbern und

Ächzen der alten Pumpe, die mächtig zulegte, und er sah Marys lächelnden Mund und Gregs dröhnenden Trichter, und er dachte plötzlich an Pupkin, und wie wunderbar leicht der sich aufgelöst hatte.

In diesem Sekundenbruchteil nahm Rupert Abschied von Greg, dem Stachelschwein, und von Hollywood insgesamt. Seinem Onkel hatte damals das weiße Mädchen geholfen. Mary trug zwar nichts Weißes an diesem Tag, aber als die Fahrstuhltüren allmählich aufeinander zu glitten, nahm Rupert Anlauf und sprang zu seiner Jugendliebe in den Aufzug.

Mary lachte fröhlich. Sie beschlossen, ihr Wiedersehen im Carnegie Delicatessen am Broadway zu feiern. Marys Freundin verabschiedete sich bald, so daß sie ausgiebig und albern in den Erinnerungen an die guten, alten Zeiten in Rockaway kramen konnten.

Mary hatte an der NYU Kunst studiert und kurz nach ihrem Examen geheiratet. Jetzt verdiente sie »wie alle gescheiterten Genies« als Gebrauchsgrafikerin ihr Geld. Sie arbeitete bei einer Plattenfirma und war für Cover-Entwürfe zuständig. Schon in der Schule in Rockaway hatte sie gern gezeichnet. »Ich hab sogar dich mal aufs Papier gebracht«, sagte sie verschämt.

Ihre Augen hatten winzige Krähenfüße bekommen, und an den Mundwinkeln befanden sich kleine Fältchen, die selbst dann nicht verschwanden, wenn sie nicht lachte. Rupert fand sie schöner denn je.

Irgendwann legte sie ihre Hand auf die Ruperts und begann leise zu weinen. Sie erzählte, daß sie sich scheiden lasse.

»Am Anfang erhofft man sich die Welt«, sagte sie, »und dann ist man nur noch froh, wenn man halbwegs durchkommt.«

Rupert schwieg verlegen. Er wußte nicht, was er sagen sollte. Dann fiel ihm ein Aphorismus ein, den er am Morgen im Feuilleton der *New York Times* gelesen hatte. Er sagte:

»Manchmal ist das Licht am Ende des Tunnels nur der nächste Zug, der einen überrollt.«

Das ließ Mary aufstöhnen. Ihr Weinen steigerte sich zu einem hysterischen Schluchzen, das ihre Schultern wie verrückt zucken ließ, und Rupert wußte, daß er genau das Falsche gesagt hatte. Er reichte ihr eine Papierserviette.

»Wenn du irgendwas brauchst«, sagte er, »hier ist meine Telefonnummer.« Er kritzelte sie auf ein frisches Papiertuch.

»Kannst jederzeit anrufen. Ich hab jetzt sogar einen Anrufbeantworter.«

Mary schaute ihn durch ihren Tränenschleier an. »Ach Rupert«, sagte sie, »du bist…« Wieder schluchzte sie. Er verstand nur noch »Rockaway«.

»Ganz sicher, Mary«, sagte er und war froh darüber, daß er ihre Hand drücken durfte.

Zum Abschied küßte sie ihn auf die Glatze und strahlte ihn an. »Danke«, flüsterte sie.

»Aber klar«, sagte Rupert.

Dann fuhr er runter ins Village, schnappte sich Carlos und betrank sich sinnlos in einem neuen Gartencafé am Union Square.

Rupert und die Mafia

Rupert stand vor seiner Klasse; seine Brillengläser funkelten unternehmungslustig. »Nun«, sagte er, »wer kann mir die Antwort geben?«

Nur aus alter Angewohnheit legte er den Kopf zur Seite und wandte sein gesundes Ohr der Klasse zu. Mit dem neuen Hörgerät, das als winziger ockerfarbener Plastikbügel hinter der rechten Ohrmuschel saß, hatte er keine Probleme mehr. Er hörte so gut wie alles. Wenn er wollte.

Dafür hatte seine Sehschärfe abgenommen. Er trug nun kreisrunde Brillengläser, und jede Erinnerung an Benjamino Gigli war aus seinen Zügen verschwunden. Er hatte abgenommen. Seine Nase und sein Adamsapfel traten deutlicher hervor. Nun sah er Onkel Pupkin immer ähnlicher.

Er genoß seinen neuen Job als Aushilfslehrer in der Schule »Zur Heiligen Jungfrau«, einer katholischen High-School, an der mittellose und minderbegabte Jugendliche ihren Schulabschluß machen konnten. Der wurde gesehen als das, was er war: als purer Akt der Barmherzigkeit, der nichts mit den »Leistungen« von Schwachsinnigen zu tun hatte, die Norwegen für die Hauptstadt von Europa hielten und Pearl Jam für Poesie.

Da Rupert für seine unzähligen Vorsprechrollen die Weltliteratur auswendig kannte und vor allem die Shakespeare-Dramen bis in die Nebenbesetzungen hinein drauf hatte, fühlte er sich von der Anzeige »Dozent für englische Literatur« persönlich angesprochen.

Die Bezahlung lag knapp oberhalb der Stufe »erbärmlich«, doch sie war regelmäßig, und Rupert konnte seit langem wieder einmal dem Monatsersten gelassen entgegensehen, an dem die Miete fällig war.

»Na, wer traut sich?«

Sein Blick schweifte über die Bankreihen, in denen rund zwanzig Schüler saßen, die sich auf den Ernst des Lebens vorbereiteten, jeder auf seine Weise. Einer, der ein graues T-Shirt mit der Aufschrift »Rebel without a clue« trug, hatte seinen Arm auf die Bank gelegt und den Kopf auf den Arm, und selbst wenn seine Hand dabei nach oben wies, machte er nicht den Eindruck, als ob er wünschte, gestört zu werden. Zwei Mädchen steckten ihre Köpfe über einer Modezeitschrift zusammen. Dahinter saß ein sommersprossiger Ringer im Muskelleibchen, der seinen Bizeps anbetete und ihn immer wieder anschwellen ließ, wobei er ihn mit ausdruckslosem Gesicht kontrollierte, als schaue er einem ihm fremden und faszinierenden Zaubertrick zu.

Aus diesem Meer von Gleichgültigkeit und Langeweile leuchtete ihm das Gesicht entgegen, das seine rettende Insel war in den letzten Wochen. Das Mädchen hatte dunkle Augen und eine hohe energische Stirn, die von schwarzen Locken umrahmt war. Vielleicht trug sie ein bißchen viel Mascara, vielleicht lag auch der Lippenstift ein wenig zu dick und zu pink auf ihren Lippen, aber sie schaute ihn an und schien interessiert.

»Was wird dieser Richard, den wir uns als genialsten Verbrecher der Literatur vorstellen müssen, wohl mit

Buckingham tun, nachdem dieser den Mord für ihn erledigt hat?«

Das stark geschminkte Mädchen strahlte ihn an.

»Mariella?«

Das Mädchen hob die Achseln, schob den Kaugummi in die andere Backe und sagte: »Keine Ahnung, Professor. Vielleicht können Sie noch 'n Tip geben?«

Rupert geriet in Fahrt. Sie mochte nicht gerade eine Leuchte sein, und es war ohnehin Wahnsinn, diesen angehenden Autoknackern und Friseusen von Übermenschen wie Shakespeares Richard III. zu erzählen, aber das Mädchen schien sich zumindest Mühe zu geben.

»Richard«, sagte er, »ist deshalb genial, weil er mit seinem Verstand arbeitet. Er ist ein großer Verführer. Er benutzt Menschen und weicht nie auch nur einen Millimeter von seinem Vorhaben ab. Er ist sozusagen das ideale Böse. Na, was wird so einer wohl mit seinem Mitwisser machen?«

Mariellas Arm schoß in die Höhe.

»Er wird 'n umlegen lassen, nehm ich an.«

»Richtig«, sagte Rupert, »er wird ihn los. Buckingham ist Ballast geworden. Fertig. Am Ende. Er ist sozusagen schon erledigt, bevor er gemordet hat.«

Er ließ seine Worte wirken und registrierte, daß das Muskelpaket bei »Mord« kurz aufgeschaut hatte.

»So, das wär's für heute.« Er klopfte sich den Kreidestaub von den Händen und griff zur Tasche. Stühle rückten, ein dunkles Brummen ging durch den Klassenraum, dann brach ein Geräusch los, das klang, als raste eine Büffelherde ans letzte verbliebene Wasserloch. Die Tür flog auf, zwei Ghettoblaster dröhnten gleichzeitig los, der eine mit der Aufforderung, Polizisten zu töten, der andere mit einer Hymne auf Teenagersex, und der Zimmerboden zitterte, und nach drei Komma acht Sekunden war der Raum so gut wie leer.

Rupert hatte immer die letzte Stunde. Und wie immer hatte sich Mariella besonders lange Zeit gelassen. Sie streckte und räkelte sich mit nach hinten gebogenem Kopf, dann schlängelte sie sich langsam hinter der Bank hervor, strich ihren knallengen Pullover überflüssigerweise glatt und ging auf Rupert zu.

Heute trug sie eine enge Vinylhose mit Leopardenmuster, die ihr, wie Rupert fand, ausgezeichnet stand, und sagte im Vorbeigehen zu ihm: »Sie war'n heut wieder 'ne Wucht, Professor. Sie besorgen's ei'm richtig aufregend mit diesem Shakespeare, das kommt fast so gut rüber wie ›Jurassic Park‹.«

Rupert errötete leicht, weil er ein Kompliment in dem Kaugummi-Kauderwelsch vermutete.

»Danke, Mariella«, sagte er, während er seine Bücher in einer angestoßenen braunen Tasche verstaute. Er versuchte, so altbacken und würdig wie möglich auszusehen. Schüler, so hatte er mal gelesen, fuhren auf kauzige Lehrertypen ab. »Und mich freut außerordentlich, daß Sie sich so engagieren.«

Er schaute ihr versonnen nach, während sie sich auf den Ausgang zuwiegte.

»Mann«, sagte er leise.

Vor drei Wochen war sie an der Schule »Zur Heiligen Jungfrau« aufgetaucht, und als sie in die Klasse stolzierte, zischte es in der Luft, als seien einige Dutzend U-Bahn-Türen gleichzeitig aufgegangen. Doch sie machte den balzenden Halbstarken schon in der ersten Stunde klar, daß sie nicht an »windelscheißenden Kindern« interessiert sei, und seitdem saß sie ungestört in der ersten Reihe und strahlte ihn an.

Wahrscheinlich, überlegte sich Rupert, während er die Schule verließ, meinte sie es ernst mit ihrem High-School-Abschluß. Sie hatte einen gewissen unschuldigen Eifer, und ganz sicher hatte Rupert so etwas wie sie noch nicht erlebt.

Seine Erfahrungen mit Frauen waren allerdings, das mußte er zugeben, nicht besonders reichhaltig. Mary Sandborne, so hatte er von Kleiber gehört, war nach Südfrankreich gezogen, um »Licht und Stille zu tanken und endlich zu malen«. Sie habe versucht, Rupert zu erreichen, aber sein Anrufbeantworter habe nie funktioniert.

In der Zwischenzeit hatte Rupert eine strikt platonische Beziehung zu einer Geigenspielerin aufgenommen, die fossile Versteinerungen sammelte. Er hatte sie in dem Plattenladen der Met kennengelernt, wo er des öfteren stöberte. Sie suchte nach einer Aufnahme des *Stiffelio*, einer selten gespielten Verdi-Oper, die Rupert, wie alle Verdi-Opern, auswendig kannte.

Der Verkäufer wollte ihr einen rauschenden Live-Mitschnitt von 1972 andrehen, mit einem Del Monaco, der seinen Zenit hinter sich hatte, und einem obskuren Orchester aus Neapel, das sich anhörte wie die Blaskapelle im Giants-Stadion.

»Es gibt bald eine Aufnahme der Covent-Garden-Besetzung mit Carreras«, intervenierte er, »Sie sollten darauf warten. Die Neapel-Einspielung ist ein Verbrechen an Verdi.«

Rupert vergötterte Verdi. Er warf ihm nur eines vor: daß er neben all den Shakespeare-Dramen, die er bearbeitet hatte, nicht auch »Richard III.« vertont hatte. Denn neben Verdi gab es nur noch Shakespeare, und unter all seinen Stücken war »Richard III.« das größte.

In letzter Zeit loderte seine jugendliche Begeisterung für Opern wieder auf – als geradezu unstillbare Leidenschaft für Monumentales, für Helden und Schurken, für uneheliche Kinder, Giftverschwörungen und Liebesduette auf dem Todesbett, für Schlachten, für Entführungen und dramatische Selbstmorde aus unerwiderter Liebe.

Daneben vergötterte er Renaissancehelden, und er hatte sich Hals über Kopf in eine Arbeit über Christopher Marlowe gestürzt, der er sich, seit die Geigenspielerin ein Engagement in Texas angenommen hatte, in seiner schulfreien Zeit nun ausschließlich widmen konnte.

Marlowe, im gleichen Jahr wie Shakespeare geboren, war gerade dreißig und auf der Höhe seines Ruhmes, als ihm in einer Spelunke der eigene Dolch durchs Auge ins Gehirn gestoßen wurde. Die Umstände waren nie geklärt worden. Ruperts Schrift trug den Titel »Mord auf Bestellung? Christopher Marlowe – ein Indizienprozeß.«

Selbstverständlich hielt Rupert das älteste Gerücht der Literaturgeschichte, nämlich daß Marlowe gar nicht umgekommen sei, sondern unter Pseudonym Shakespeares Stücke geschrieben habe, für haarsträubenden Unsinn.

Dennoch war Marlowe ein Renaissancemonster nach

Ruperts Geschmack, ein Kraftkerl, der sich durch die Kneipen Londons soff und den unsterblichen *Faust* in die Welt setzte, ein größenwahnsinniger Spieler und Schmierenkomödiant, der das Neue Testament »miserable Literatur« nannte und behauptete, Johannes sei der Geliebte von Jesus gewesen. Er provozierte, prahlte, grölte und hatte Spielschulden – es gab eine Menge guter Gründe, ihn umzubringen.

Da Rupert sich in diese Arbeit verkrochen hatte, sah er seine Freunde aus dem Village, Carlos und Kleiber und die verrückten Zwillinge Lucy und Belinda aus dem Tanzstudio, nur noch selten.

Sein Apartment, das nur zwei Querstraßen von der Schule entfernt am Broadway lag, bestand aus zwei Zimmern. Viel mehr ließ sich darüber nicht sagen: Im Schlafzimmer stand ein Bett, über dem der junge Verdi hing. Im anderen Zimmer ein Schreibtisch unter einem Shakespeare-Plakat. Der Rest waren Bücher und Platten. Seine Vermieterin hatte ihm eine Walnußkommode gelassen, auf der der Käfig stand, in dem Trudel, sein Hamster, in die Trommel trat.

Das Apartment war in einem grünstichigen Grau gestrichen, und da es nur Fenster hatte, die in den Lichtschacht führten, war es dunkel. Aber es war billig, und vor allem lag es günstig, nahe zur Schule und nahe zur Met. Und unten hatte Wang Bang seinen Delikatessenladen, bei dem er sich mit gebratenem Reis und Kräutertee eindecken konnte, so daß sein Lebensradius auf minimale Ausmaße beschränkt bleiben konnte.

Er stellte seine Tasche ab, brachte die braune Tüte aus

Wangs Laden in die Küche, ging zum Plattenspieler im Arbeitszimmer und legte Verdis *Macht des Schicksals* auf. Er aß den Reis in der Küche, setzte sich dann mit seinem Tee an den Schreibtisch und schaltete seinen Computer ein.

Er las, was er am Tag zuvor geschrieben hatte. Dann machte er einen neuen Absatz und schrieb: »Natürlich wußte Marlowe um diese Zeit noch nichts von dem Giganten, der im fernen Stratford upon Avon seine ersten Sonette...«

Er brach ab. Mariella ging ihm nicht aus dem Kopf. Er stellte sie sich als Desdemona vor, in einem seidenen weißen Nachtgewand, hingegossen auf ein großes rotes Samtlager, unschuldig und rein und verzehrt von ihrer Liebe zu Rup... äh... zu Othello.

Sein Blick fiel auf die Fotografie seiner Mutter, die über dem Schreibtisch hing, und er verlor den Faden. Sie hatte wenig mit Desdemona gemein, und noch weniger mit Mariella: Sie trug ein altmodisches schwarzes hochgeknöpftes Kleid, hatte die Haare im Nacken zu einem strengen Knoten gebunden und schaute auf ihn herab mit der gewohnten Mischung aus Herrschsucht und Spott. Einem plötzlichen Impuls nachgebend, stand Rupert auf, hängte das Bild ab und stellte es mit dem Gesicht zur Wand.

Mariella. Hatte er sich getäuscht, oder war da mehr bei ihr als nur das Interesse an seinem Unterricht? Rätselhaftes Mädchen. Sie machte nicht den Eindruck, als hätte sie je eine Zeile von Shakespeare gelesen. Und wenn er ehrlich war, zweifelte er sogar daran, daß sie überhaupt je irgendeine Zeile gelesen habe. Aber warum interessierte sie sich so für »Richard III.«? War er als Pädagoge eine solche Kanone? Manchmal hatte er den Eindruck, als flirte sie mit ihm.

Ausgeschlossen! Er verstand die Frauen zwar nicht, aber daß eine wie Mariella sich für jemanden wie ihn erwärmen konnte, kam überhaupt nicht in Frage. Mariella flog auf Typen wie Greg, da war er sich sicher.

Greg, das afrikanische Stachelschwein. Das Studio, für das er in der 56. Straße das Besetzungsbüro geleitet hatte, hatte ihn gefeuert. Eine Sekretärin hatte ihn wegen »sexual harassment« angezeigt. In einer internen Schlichtungsverhandlung hatte Greg die Vorwürfe bestritten und zu seiner Verteidigung angeführt, daß die »frustrierte Schnitte doch nur sauer« auf ihn sei. Er hatte zwei Minuten, um seinen Schreibtisch zu räumen.

Greg und die Frauen. Rupert dachte daran, wie er ihn beneidet hatte, als er vor Jahren auf dem Set zu einer Kriminalkomödie in ihn hineingelaufen war. Er wurde bereits am ersten Drehtag erschossen. Greg dagegen überlebte. Er war in erster Linie engagiert worden, um Marjorie Ingles zu küssen. Marjorie Ingles, der Star der Produktion, hatte regelrecht auf Greg bestanden.

Damals trug Greg seine schwarzen Haare kragenlang, und er pflegte seine Koteletten. Er war der Typ »mediterraner Sexprotz«. Offenes Hemd, enge Jeans. Einer, der sich schon im Alter von zehn Jahren eine Socke vorne in die Hose stopfte.

Mit zwölf hatte er das nicht mehr nötig, worauf er bei jeder Gelegenheit hinwies. Sein Gesicht war fleischig-brutal. Sein Trick: Er konnte jeden Funken Intelligenz daraus weglächeln. Übrig blieb dann eine geil grinsende Grimasse, in der mit rührender Offenheit, einer fast hilflosen Animalität, nur eines stand: ICH WILL ES! SOFORT! UND SOOFT WIE MÖGLICH! Und kleingedruckt daneben: Ich kann es übrigens ziemlich oft und könnte eine ganze Reihe von Referenzen ... Meistens kamen seine Opfer gar nicht mehr dazu, das Kleingedruckte zu lesen.

Mit wachsender Fassungslosigkeit hatte Greg Ruperts amouröse Desaster verfolgt. Er verstand nicht, warum Rupert alles »so kompliziert« anging. Greg war der Ansicht, daß »Frauen doch nur das eine wollten«, und er konnte diese Erkenntnis auf solides Zahlenmaterial stützen – er hatte einige hundert Adressen in seinem Taschenkalender.

»Warum wollen sie es aber immer nur von dir, und nie von mir?« fragte ihn Rupert. »Irgend etwas machst du falsch«, sagte Greg mitfühlend und gab ihm einige wohlmeinende Tips: dunkle Sonnenbrillen, weite Sakkos, möglichst schnell zur Sache kommen. Dieser letzte Tip hatte Rupert einmal fast ins Krankenhaus gebracht – er hatte ihn an einer Ringerin ausprobiert.

Möglicherweise war Mariella die Ausnahme von der Regel, dachte Rupert. Vielleicht erkannte sie in ihm den inneren Menschen und mochte, was sie da sah. Doch dann spürte er, wie lächerlich diese Hoffnungen waren. Er verscheuchte den Gedanken und besann sich wieder auf seine Arbeit. »Von Christopher Marlowes erotischen Abenteuern ist so gut wie nichts bekannt ...«

Eine Woche später erschien Mariella mit dunkler Sonnenbrille zum Unterricht. Rupert fand das leicht irritierend, aber er verkniff sich jede Bemerkung darüber. Als Mariella nach der Stunde ihre Sachen zusammenräumte, fiel ihr die Brille herunter. Sie bückte sich, und Rupert beneidete wieder einmal den kleinen goldenen Anhänger, der in ihrer Bluse herumtanzen durfte, und als sie aufschaute, sah er, daß ihr linkes Auge blau unterlaufen war.

»Um Gottes willen, Mariella«, sagte Rupert, »was haben Sie mit Ihrem Auge gemacht?«

»Nichts weiter«, sagte Mariella abwehrend, »machen Sie sich mal keine Gedanken um mich. Ich habe ein kleines Problem. Aber ich werde schon eine Lösung finden.«

»Wenn es irgend etwas gibt, was ich tun kann…«

Ihre Augen schimmerten feucht.

»Mein Freund dreht durch. Gestern hab ich ihm gesagt, daß ich mehr Luft brauche, und das hat ihm nicht gepaßt.«

Ihr Freund Gianni, so konnte Rupert ihren Schilderungen entnehmen, verdiente eine Menge Geld im Import/Export-Geschäft, trug eine dicke goldene Rolex und fuhr einen roten Ferrari Testarossa. Aber sie habe die Nase voll von ihm, sagte Mariella. Immerzu müsse sie in irgendwelchen Billardsaloons mit seinen Kumpels herumsitzen, wo sie doch viel lieber Shakespeare lesen würde.

»Jetzt, wo Sie mich so richtig scharf gemacht haben auf diesen Richard und den Buckingham, hab ich gemerkt, daß mich Giannis Clique ziemlich anödet.«

Rupert wurde rot vor Eifer. »Warum sagen Sie ihm nicht einfach, daß Ihre Wege sich trennen. Das muß unter erwachsenen Menschen doch möglich sein.«

Mariella lächelte gequält.

»Da kennen Sie Gianni schlecht. Der behandelt mich

wie sein'n Kuli. Eher drischt er ei'm eine rein, bevor er irgendwelche Wege sich trennen läßt. Und von mir läßt er sich sowieso nichts sagen.«

Sie seufzte so tief, daß der kleine goldene Anhänger in der Schlucht verschwand, und als er wider Erwarten wieder auftauchte, sagte Rupert, der sich nun gleichermaßen als Pädagoge und als Mann gefordert fühlte, in bestimmtem Ton:»Es muß eine Lösung geben. Vielleicht sollte ich mal mit ihm reden.«

Mariella schaute überrascht auf. Dann strahlte sie.»Oh, Professor, das wäre so toll. Auf jemanden wie Sie würde er bestimmt hören.«

Rupert nickte.»Wir sollten die Sache sofort besprechen.«

Da nun die Putzfrauengeschwader über die Schule herfielen und das Lehrerzimmer für Schüler ohnehin tabu war, schlug Mariella das Elite-Café auf der Columbus Avenue vor.

»Wieso gehen wir nicht zu mir, da können wir ungestörter reden«, meinte Rupert, ohne sich allzu genau Rechenschaft darüber abzugeben, warum er diesen Vorschlag machte. Mariella willigte begeistert ein. Sie hätte sich ohnehin schon lange gewünscht zu sehen, wie ihr Professor wohnte.

Kurz darauf saßen sie sich bei einer Tasse Kräutertee in seinem Arbeitszimmer gegenüber. Mariella betrachtete staunend sein Bücherregal (»Mann, haben Sie das alles gelesen?«) und blätterte seinen Plattenstapel durch (»Was macht 'n dieser Verdi für Sachen?«), worauf ihr Rupert einen kurzen Vortrag über den Komponisten und seine Zeit hielt, der Mariella entzückte.

Sie sah zu ihm auf wie ein kleines Mädchen, und dann sagte sie leise, wobei sie ihm einen schmelzenden Blick zuwarf: »Ich gerate offenbar immer an die Falschen – denn so was wie Sie ist für 'n dummes Mädchen wie mich natürlich unerreichbar.« Sie seufzte.

Spätestens hier hätten sämtliche Alarmlichter in Ruperts innerem Maschinenraum verrückt spielen müssen. Aber der Kommandant war in Trance. Er hörte sein Blut klopfen, er schluckte, schaute glasig vor sich hin. Dann räusperte er sich und sagte leise: »Sie sind nicht dumm. Sie haben Witz und Verstand. Sie sind eine Persönlichkeit. Und eine äußerst attraktive dazu.«

Mariella kicherte. »Heißt das, daß Sie mich mögen?«

Rupert grinste verlegen. »Ja, so was Ähnliches heißt das wohl.«

Mariella stand von ihrem Stuhl auf und hockte sich neben ihn. Sie fuhr mit der Hand über seine Stirnglatze, und dann küßte sie ihn. Rupert wurde schwindelig. Die Callas sang die Arie der Gilda aus dem *Rigoletto,* und die Tasse mit dem Kräutertee fiel um, und kurz darauf lagen sie in seinem Bett.

Es ging so schnell, daß Rupert gar nichts mehr begriff. Jahrelang hatte er Schlachtpläne entworfen, um irgendwelche Frauen herumzukriegen, und plötzlich wurde er flachgelegt – und bekam nichts davon mit.

Er hatte sich lange nicht so wohl gefühlt. Im Nebenzimmer sang die körperlose Gilda von ihrer Liebe zum Herzog, und auf seinem Bett streichelte die sehr körperliche Mariella seinen Hals, während sein Kopf in ihrem Schoß ruhte. Wenn er aufschaute, sah er über sich ein Paar hinreißend geformter, schwerer Brüste. Ihm fiel der Spruch ein: »Der Himmel hing voller Geigen.« Nie wußte er, was damit gemeint war. Jetzt hatte er eine Vorstellung.

Sie sprachen über Mariellas Freund, der ja nun wohl Exfreund genannt werden konnte. »Du mußt 'n bißchen aufpassen, wenn du mit ihm sprichst«, meinte Mariella, »er ist ziemlich gewalttätig.« Rupert tätschelte ihr gönnerhaft die Waden. »Mach dir keine Sorgen um mich, ich werd schon mit ihm klarkommen.«

»Na ja, was ich eigentlich meine, er gehört zur Rossi-Familie.«

»Zur Rossi-Familie? Ich denke, der heißt Gianni Bergoni.«

»Er gehört trotzdem zur Familie. Alle möglichen Leute gehören dazu. Sie nennen ihn Gianni, den Milaner.« Mariella kicherte. »Wieso, weiß ich auch nicht. Der war nämlich nie in Mailand, der Spinner.«

Rupert wirbelte der Kopf. Die Rossis, Gianni Bergoni, ein Mailänder, der nie in Mailand war?

»Was ist das für eine Familie?«

»Schon mal was von der Mafia gehört?«

Rupert fuhr auf. »Die Mafia!?« stammelte er.

Mariella strich ihm beruhigend über die Glatze. »Reg dich nicht auf, die kochen auch nur mit Wasser. Nur Frauen können die nicht für voll nehmen. Aber wenn da 'n Kerl wie du auftaucht, dann ist das anders. Iss eben 'ne Männergesellschaft.«

Sehr überzeugend wirkte das nicht auf Rupert. Doch er war bei Mariella im Wort. Und als er ihr blau unterlaufenes Auge sah, regte sich seine Kämpfernatur.

Nachdem sie sich angezogen hatte, schrieb sie ihm eine Adresse in Little Italy auf, ein Restaurant, in dem der Milaner Hof hielt.

»Er ist leicht zu erkennen«, sagte Mariella, als sie ihm zum Abschied einen Kuß auf die Stirn drückte, »er hat 'ne große Klappe, trägt weiße Zweireiher und fährt 'ne Angeberkiste.« Dann lächelte sie ihn strahlend an und stöckelte hinaus. Auf dem Treppenabsatz wandte sie sich noch einmal um, rief »Ciao« und hauchte ihm einen Kuß zu. Dann war sie verschwunden.

Rupert trottete in sein Schlafzimmer zurück und ließ sich schwer auf der Bettkante nieder. Die Mafia! Auf was hatte er sich da eingelassen? Er schaute auf den Zettel mit der Adresse. »Osso Bucco«, las er, »Mulberry Street.«

Er war lange nicht mehr in Little Italy gewesen. Früher, als er noch mit Kleiber und Carlos in dem Loft in SoHo gewohnt hatte, ging er oft dorthin, um einzukaufen. Einmal war er mit Carlos, wie gewöhnlich stoned, ins San-Gennaro-Fest geraten. Sie schwankten in den Wogen aus Menschenleibern hin und her wie Seegras, und über allem schwebte eine Marienstatue mit Goldkrone und hellblauem Mantel. Rupert war überzeugt, daß er eine Vision hatte, und begann zu predigen, aber da alle Visionen hatten, hörte keiner hin. Anschließend verdarb er sich an Calamari fritti den Magen.

Mittlerweile war es Abend geworden, kurz vor sieben. Rupert öffnete seinen Schrank und untersuchte seine Garderobe. Er hatte einen blauen, aus der Mode gekommenen Anzug für Vorstellungsgespräche, fünf grüne Cordhosen und zwei braune Pullover, die dringend gewaschen werden mußten. Was trägt man bei Unterredungen mit Gangstern? Er entschied sich für eine grüne Cordhose und eine altmodische Wildlederjacke mit aufgesetzten Taschen. Leder, fand er, wirkte animalisch und gefährlich.

Als er sich angekleidet hatte, trat er vor den Spiegel im Bad, um sein Aussehen zu kontrollieren. Irgend etwas fehlte. Er hielt den Kamm unter den Wasserhahn und kämmte seinen Haarkranz streng an den Hals. Schon besser. Er kniff die Augen zu Schlitzen zusammen, schob den Kiefer nach vorne und zischte: »Bist du Gianni, der Milaner?« Dann versuchte er die schläfrige Tour. Dann die lässige. »Ich such 'n Kerl, den man den Milaner nennt.« Schließlich gab er die Faxen auf, verließ die Wohnung, trat auf den Broadway und winkte einem Taxi.

Es hatte geregnet. Auf dem nassen Kopfsteinpflaster in der Grand Street spiegelten sich die Neonreklamen der Restaurants, rot und grün, und wie immer um diese Zeit schoben sich die Touristen durch die engen Straßen von Little Italy. Das Taxi kam nur schrittweise voran. Schließlich bogen sie in die Mulberry Street ein und hielten vor einem Brownstone, vor dessen roter Fassade eine schwarze Feuertreppe himmelwärts stieg.

»Da drüben isses«, sagte der Fahrer, ein Pakistaner namens Mohammed, und Rupert gab ihm lässig zehn Cent Trinkgeld, um sich in seine neue Rolle als Spendierhose einzuleben. Als er ausstieg, hörte er Mohammed fluchen. Zumindest nahm er an, daß es ein Fluch war – es klang pakistanisch und wütend.

Er stand vor einem dunklen Schaufenster, in dem eine Heiligenstatue beide Arme ausbreitete, aber er konnte nicht erkennen, um welchen Schutzpatron es sich handelte. »Und du«, sagte er zu dem Heiligen, »zu wem hältst du?«

Dann überquerte er die Straße und betrat das Restaurant. Der Restaurantchef, der an seinem Pult stand und in den Reservierungen blätterte, ging strahlend auf ihn zu, als hätte er einen verloren geglaubten Verwandten wiederentdeckt.

»Haben Sie eine Reservierung, Sir?«

Rupert schob seinen Kiefer vor und zischelte: »'chsuuch jeman'n.«

»Entschuldigen Sie, Sir?«

»Ich suche jemanden«, sagte Rupert nun in normalem Tonfall. »Haben Sie Gianni den Milaner unter Ihren Gästen?«

Der Kellner musterte Rupert kühl. »Haben Sie eine Verabredung mit ihm?«

»Ich bin der Freund, äh, der Lehrer einer Freundin«, stammelte Rupert. »Und sie bat mich, ihm was auszurichten.«

»Bergoni ist vor einer halben Stunde gegangen«, sagte der Frack mit der Miene eines beleidigten Opernstars. »Vielleicht schauen Sie mal drüben im Caffè Biondi.«

Rupert fiel ein, daß er noch nicht zu Abend gegessen hatte. Doch er war im Dienst und wollte es hinter sich bringen. Er ließ sich den Weg zum Biondi erklären und trat wieder hinaus auf die Straße.

Als er kurz darauf in die Centre Street einbog, wußte er, daß er einen Treffer gelandet hatte. Vor einem Café mit dunkler Holzfassade und den Goldbuchstaben »Biondi« sah er einen roten Ferrari Testarossa.

Der flache, futuristische Schlitten war nachlässig geparkt, und der nasse rote Lack feuerte das Straßenlicht in einer ganzen Batterie von Lichtreflexen zurück, als wollte er sagen: »Mir gehört die Stadt, und dir gehört nichts, du Würstchen.« Wenn schon sein Auto so mit ihm umging, dachte sich Rupert beklommen, was würde dann erst der Fahrer mit ihm anstellen?

Mit seinen Messinggeländern und blitzenden Espressomaschinen und Farnen und Stilleben auf den Seidentapeten sah das Biondi aus, als sei es sich zu schade für Leute ohne Vorstrafen. Die Kellner trugen Hosenträger und Krawatten, die aus einem Modigliani-Bild hätten stammen können, eine abstrakte Mischung aus Zartblau und Rosé, und die meisten trugen Schnurrbärte. Der Raum war überfüllt mit jungen, gesunden, schönen Bestien mit blitzenden Gebissen, Frauen und Männern, und an einem Tisch in der Ecke sah Rupert den Milaner.

Er trug einen weißen Anzug und eine dunkle Sonnenbrille. Einen verzweifelten Moment lang hoffte Rupert, daß es sich dabei um eine Blindenbrille handelte. Ein blinder Gangster war halb so gefährlich. Dann wiederum: Ein blinder Gangster, der sich ärgerte und dabei mit einer 375er Magnum herumfuchtelte, könnte beträchtliche Schweinereien anrichten.

Seine Assoziationen stürmten auf ein blutiges Finale zu, während er sich den Weg durch die Kneipe bahnte. Der Milaner hielt einen Grappa in der Hand und wollte ihn gerade trinken, als Rupert ihn erreicht hatte.

»Ich soll Ihnen schöne Grüße von Mariella bestellen.« Die Hand mit dem Grappaglas erfror in der Luft. Bergoni stellte das Glas ab und schob die Sonnenbrille hinunter. Doch nicht blind! Er fixierte Rupert über den Rand mit zwei dunklen, gemeinen Augen und sagte dann blöde: »Häh?«

»Darf ich mich setzen?«

Der Milaner machte eine lässige Handbewegung. Rupert schob sich auf den Stuhl und schluckte. »Mariella wünscht von Ihnen in Ruhe gelassen zu werden.«

»Wer sacht 'n das?«

»Mariella selber.«

»Und wer bist du, Clown?«

»Ich bin ihr Lehrer.«

Rupert hatte den Eindruck, daß das Gespräch bisher erstaunlich gut verlief – keiner hatte ihm ein Messer in die Rippen gestoßen. Vielleicht war dieser Milaner ja trotz seines Testarossa einer, mit dem man reden konnte.

»Schauen Sie«, sagte er einlenkend, »Mariella braucht einfach mehr Zeit für sich selber. Sie hat durchaus das Zeug zu einer guten Schülerin. Sie müßte nur mehr lesen.« Rupert kam es vor, als spreche er auf einem Elternabend. Wie verliefen die eigentlich bei Gangstern? Wahrscheinlich gab es dort bei schlechten Noten eine Spezialbehandlung – nicht für die Schüler, sondern für die Lehrer.

»Mein lieber Freund«, sagte der Milaner plötzlich, »so einfach ist das nicht. Was meinste, was die Braut mich gekostet hat?«

»Keine Ahnung«, sagte Rupert.

»Mal angenommen, ich würde sie ausbuchen. Wer ersetzt mir das?«

Rupert wußte nicht, wieviel Mariella kostete, aber der

Gedanke, daß sie einen Preis hatte, beruhigte ihn. Er hatte es nicht mit einem blinden, schießwütigen, jähzornigen Sizilianer zu tun, sondern mit einem Geschäftsmann.

Da er ohnehin nur eine rhetorische Frage gestellt hatte und nicht auf eine Antwort wartete, fuhr der Milaner fort: »Nehmen wir mal an, ich täte dir den Gefallen. Mariella kriegt nichts mehr auf die Augen, damit sie alle diese Klugscheißerbücher lesen kann – würdest du dich mit einer kleinen Gefälligkeit revanchieren?«

»Also, man kann sicher über alles reden«, sagte Rupert erleichtert. »Ich könnte zum Beispiel Ihr Auto mal waschen.«

Der Milaner lachte brüllend auf. »Du bist ja 'ne Nummer«, prustete er und schlug Rupert ins Kreuz, »'ne echte Nummer.«

Er winkte den Kellner heran und bestellte zwei weitere Grappa. Während sie warteten, redete Rupert von der Schule und von der neuen Saison in der Met, und der Milaner gab sich Mühe, ihm zu folgen. Als die Drinks kamen, schob er eines der Gläser hinüber zu Rupert, hob sein Glas und sagte: »Nu laß uns mal vernünftig reden, Professor.«

Der Drink tat Rupert wohl. Er betäubte seinen Hunger und machte seinen Kopf leichter. »Ich hab da ein kleines Problem«, sagte der Milaner, »und ich bin sicher, du kannst mir dabei helfen.«

Rupert war es schleierhaft, warum ihn plötzlich alle Welt brauchte, um ihre Probleme zu lösen. Das war bisher nie vorgekommen. Aber es war wohl einer dieser Tage. Er nahm noch einen Schluck und fühlte sich noch wohler.

»In zwei Stunden«, sagte der Milaner, »müßte 'n Karton

entgegengenommen und verstaut werden. Der Laden steht offen. Ich brauche nur einen, der einen verdammten Karton in einen Lieferwagen legen kann.«

»Und wieso machen Sie's nicht selber?«

»Wenn du nicht willst, dann laß es«, sagte der Milaner. »Vielleicht kannst du Mariella ja gelegentlich ein paar Bücher im Krankenhaus vorbeibringen.«

Rupert zuckte zusammen. An Mariella hatte er gar nicht mehr gedacht. Nun sah er sie vor sich, in seinem Bett, und das geschwollene Auge in ihrem zarten Madonnengesicht. Er stöhnte. Er nahm noch einen Grappa. Es ist eine schmutzige Welt, sagte er sich, und manchmal muß man sich schmutzig machen, um Gutes zu tun.

Natürlich war ihm klar, daß der Milaner eine linke Sache vorhatte. Aber das war nun mal so, das kannte er von Shakespeare, von Verdi: Friseure schneiden Haare, und Gauner drehen linke Touren, so ist die Welt. Zu seinen Vorzügen rechnete Rupert, daß er völlig ohne Vorurteile war. Er haßte Unklarheiten, doch hier wußte er genau, woran er war. Offensichtlich hatte der Milaner alles genau geplant, und wenn die Sache so verlief, wie er es sich vorstellte, wäre alles in einer Viertelstunde erledigt. Und dann könnte er mit Mariella im Bett liegen und ihr den *Othello* vorspielen.

»Sie versprechen, daß Sie die Finger von meiner Schülerin lassen?«

»Beim Augenlicht meiner Mutter«, sagte der Milaner und hob sein Glas.

»Wo soll die Sache stattfinden?«

Zwei Stunden später stand Rupert, gestärkt von einer Lasagne und zwei weiteren Grappa, in einem Hauseingang und beobachtete, wie ein grauer Lieferwagen langsam die Mott Street hinunterfuhr und schließlich vor einem chinesischen Antikladen ausrollte. Zweimal blendeten die Scheinwerfer kurz auf. Dann stieg ein untersetzter Typ in Lederjacke aus und verschwand in der nächsten Seitenstraße. Hier etwa verlief die Grenze zwischen Little Italy und Chinatown, ein unklares Grenzgebiet, in dem sich neben italienischen Trattorias auch Krämerläden wie dieser befanden, mit gelben Holzschildern, die rote Schriftzeichen trugen, über Schaufenstern, in denen Buddhas aus grünem Speckstein sanft vor sich hin lächelten.

Rupert löste sich aus dem Schatten und lief hinüber. Die Straße war menschenleer. Er berührte den Türknopf. Tatsächlich, die Tür war angelehnt. Leise schlüpfte er in den Laden. An den Wänden hingen Drachenköpfe aus Papier und seidene Kimonos, und auf den Regalen stapelten sich grüne Tüten mit chinesischen Aufschriften zwischen Opiumwaagen und Weihrauchständern aus Bronze.

Eine große Anatomiekarte hing hinter dem gläsernen Tresen, eine männliche Körperform mit Punkten, die die optimalen Einstichstellen für Akupunkturnadeln markierten. Ruperts Chinakenntnisse beschränkten sich auf das häufige Abspielen von Puccinis *Turandot*. Er hatte gehört, daß man einen ausgewachsenen Mann nur an der richtigen Stelle antippen müsse, und er würde tot umfallen. Offenbar hatten die Chinesen vergessen, wo dieser Punkt lag, denn soviel er wußte, wurde bei ihnen genauso altmodisch gemordet und hingerichtet wie überall sonst.

Der braune Karton stand, wie der Milaner vorhergesagt hatte, am Fuß des gläsernen Tresens. Rupert nahm ihn auf, steuerte auf den Ausgang zu und stolperte über einen Teppich. Der Grappa! Er verlor das Gleichgewicht und stürzte gegen einen großen Gong, der einen dumpfen, schwingenden Ton von sich gab. In irgendeinem tibetanischen Kloster hatte dieser Gong wahrscheinlich einmal junge Novizen aus einer schmerzhaften Nachtmeditation befreit – hier ließ er Rupert das Blut in den Adern gerinnen.

Draußen blieb alles ruhig. Rupert nahm den Karton wieder auf, zog die Tür hinter sich zu und lief zu dem Lieferwagen hinüber. Er öffnete die Hecktür und schaute sich noch einmal um. Nichts außer einer Reihe parkender Autos. Rupert schob das Paket ins Auto, schloß leise die Hecktür und klemmte sich hinter das Steuer.

Die Schlüssel steckten, wie vereinbart. Er fuhr die Mott Street hinunter, bog zweimal rechts ab, zurück nach Little Italy, und fand schließlich den Lagerschuppen, den ihm der Milaner genannt hatte. Er stieg aus und lief, ohne sich noch einmal umzuschauen, hinüber zum Broadway, wo er sich ein Taxi schnappte, das ihn nach Hause brachte.

Am nächsten Tag stand er leicht übermüdet und mit schwerem Kopf vor seiner Klasse, doch er fühlte sich blendend. Mariella strahlte ihn an. Als ob sie ihn schon hier, in der Schule, belohnen wollte, trug sie eine der schwarzen durchsichtigen Blusen, die derzeit in Mode waren, und er konnte deutlich die Spitzenkörbchen und die schmalen schwarzen Halter darüber erkennen, die tapfer ihre Last trugen.

Nachdem die Büffelhorde, wie üblich in Rekordzeit, verschwunden war, trat Mariella auf ihn zu, legte eine Hand in seinen Nacken und drückte sich an ihn. »Nicht hier«, sagte Rupert und nahm bedauernd ihre Hand herunter, »das würde den Nonnen nicht gefallen, wenn sie mich mit dir so sähen.«

Zwar kümmerte sich die Schule »Zur Heiligen Jungfrau« aufopfernd um die Bildung »benachteiligter Randgruppen« und nahm dabei manche Lässigkeit in Kauf, doch Schwester Ursula, die Oberin, hätte ein Verhältnis zwischen Lehrer und Schülerin nie geduldet. Und Rupert wollte seinen Job auf keinen Fall riskieren. Bisher hatte er verdrängt, daß sein Verhältnis natürlich Probleme aufwerfen würde.

»Woher weißt du übrigens…«

Mariella kicherte. »Gianni hat mich heute nacht angerufen. Zwei Uhr morgens. Papa war ganz schön sauer. Er sagte, du hättest dich an deinen Teil der Abmachung gehalten, und er würde gleichziehen – von ihm aus könne ich mich in Luft auflösen.«

Rupert grinste. »Ich finde, das ist ein Grund zum Feiern. Ich habe noch einen Wein…«

Mariellas Gesicht wurde von einer dramatischen Welle des Kummers überspült. »Das müssen wir leider verschieben, Professor«, sagte sie. »Ich habe Papa versprechen müssen, daß ich Sophia vom Kindergarten abhole.«

Sophia war ihre jüngere Schwester. Sie hatte ihm von ihr erzählt. Wie hatte ihm das gefallen! Er hatte sich die Familie Mariellas in der bescheidenen Zwei-Zimmer-Wohnung in Brooklyn vorgestellt, wie sie alle um den großen Tisch mit der blauweiß karierten Tischdecke herumsaßen, in der Ecke ein Kreuz, und italienische Volkslieder sangen.

Auch jetzt rührte ihn dieser Familiensinn. »Na ja«, sagte er, »die Flasche hat sicher bis morgen Zeit.«

Mariella küßte ihn noch einmal verstohlen und stöckelte davon, während Rupert seine braune Aktentasche packte und nach Hause ging. Im Grunde genommen freute er sich auf einen ruhigen Nachmittag. Die letzte Nacht hatte an ihm gezehrt.

Als er am nächsten Vormittag ins Klassenzimmer schlenderte, strahlte Mariella nicht. Sie trug eine brave weiße Bluse mit Spitzenkragen, und ihr Gesicht, hinter einer schwarzen Sonnenbrille versteckt, wirkte wie eine geknickte, welke Orchidee. Er konnte sich kaum auf den Unterricht konzentrieren. Einmal unterlief ihm sogar ein peinlicher Versprecher. Er sagte: »Was kann dieser Bluthund Bergoni noch unternehmen, um seinen Einfluß bei der Witwe des Königs zu vergrößern?«

Da die Klasse wie üblich im Koma lag und von unschuldigen pubertären Vergnügungen wie Einbrüchen in Spirituosenläden träumte, fiel der Versprecher niemandem auf. Nur Mariella war leicht zusammengezuckt.

Er wartete vor seinem Apartment auf sie. Die Oberin hatte ihn vor der Stunde zu sich gebeten und ihn noch mal auf die strikte Einhaltung des Sittlichkeitskodexes für Lehrer eingeschworen. Offenbar waren die ersten Gerüchte aufgetaucht.

Mariella wollte die Brille selbst in seiner Wohnung nicht abnehmen. Stockend berichtete sie, daß der Milaner ihr am Vorabend einen Besuch abgestattet hatte.

»Er sagt, er braucht noch 'ne Gefälligkeit von dir. Und deshalb müsse er mir noch mal weh tun. Damit du weißt, daß er es ernst meint.«

»Dieses Schwein«, knirschte Rupert. Er streichelte ihr die Wangen. Sie sah merkwürdig aus, wie sie auf seinem Bett lag, nackt, nur mit einer dunklen Sonnenbrille bekleidet, aber Rupert war nicht unempfänglich dafür.

»Was will er diesmal?«

»Du sollst jemand für ihn ausknipsen.«

»Was?!«

»Du sollst 'nen Chinesen kaltmachen. Er sacht, die wer'n frech.«

»Ich soll jemanden umbringen? Ausgeschlossen!«

Mariella stöhnte. »Er meint, du wirst es schon machen. Er hätte was, was dich interessieren würde. 'n paar Fotos.«

Rupert sprang auf. »Was für Fotos!?«

»Die er gemacht hat, als du den Laden ausgeräumt hast. Die sind alle was geworden, sachter. Und die Chinesen würden sich sicher dafür interessieren.«

Rupert japste nach Luft. Die parkenden Autos in der Mott Street! Irgendwie hatte er das Gefühl gehabt an diesem Abend, daß ihn einer beobachtete. Dieser Gianni hatte ihn aufs Kreuz gelegt. Aber was war von einem Gangster schon zu erwarten? Daß er Mutter Teresa war?

»Aber vielleicht, sagt er, würde schon ein kleiner Tip an die Schwester Oberin genügen. Er meint, er hätte den Eindruck, du hängst an deinem Job.«

Bammbamm, bammbamm. Rupert hörte seinen Herzschlag und verkroch sich in seinen inneren Maschinenraum. Sinken und nie wieder auftauchen.

Dann hörte er schwach vom Nebenzimmer her Othello von der Verdammnis singen. Mario del Monaco. Gleich kam das hohe B.

Das hohe B schimmerte prächtig im Raum und verklang, und das Bett stand noch an der alten Stelle, Mariella lag neben ihm, und Rupert bekam wieder Luft. Sie streichelte ihn und sagte leise: »Er meint, du sollst ihn im Biondi treffen. Er würde dir alles erklären.«

Er schüttelte den Kopf. »Woher soll ich wissen, daß es nicht immer so weitergeht?«

»Er sacht, er würde danach sowieso verschwinden. Nur das müsse noch erledigt werden.«

Nachdem Mariella gegangen war, holte sich Rupert bei Wang Bang eine doppelte Ration Ginseng, der wahrscheinlich nur aus Kräuterschnaps bestand, aber dennoch beruhigende Wirkung auf ihn hatte. Dann saß er an seinem Schreibtisch, starrte auf das umgedrehte Bild seiner Mutter und dachte nach. Der Milaner hatte ihn am Haken, und je mehr er versuchen würde, sich herauszuzappeln, desto tiefer würde der Haken eindringen.

Was sollte er der Polizei erzählen? Daß er nachts in einen chinesischen Krämerladen eingebrochen war, weil ihm ein Gangster sonst seine Freundin vermöbelte? Und wieso Freundin? Wenn irgend jemand von dem Verhältnis zu seiner Schülerin erfuhr, konnte er seinen Lehrerjob an den Nagel hängen. Ein Leben ohne Job und ohne Mariella? Da könnte er gleich in den Knast gehen. Nein, Rupert ahnte, daß er in der Patsche saß und daß ihm nichts anderes übrigblieb, als mitzuspielen und auf seine Chance zu warten. Der Rest war Improvisation.

Als er abends ins Biondi trat, fühlte er sich schon als Stammkunde. Innerhalb von zwei Tagen war aus ihm, Rupert Lubowitz, dem geachteten Englischlehrer und Spezialisten für das elisabethanische Theater, ein gefragter Killer auf Bestellung geworden. Allerdings, das mußte er zugeben, waren diese zwei Tage aufregend gewesen, und Rupert hatte eine Schwäche für Dramen.

Die gefährlichste Situation, in die er bisher geraten war, war ein Unfall als Elfjähriger. Er hatte seinen Fahrradschlauch flicken wollen und war mit dem Schraubenzieher abgerutscht, der sich tief in seine Handwurzel gebohrt hatte. Auf dem Weg zum Krankenhaus sprach seine Mutter davon, daß man ihm die Hand wahrscheinlich amputieren werde, weil er todsicher eine Blutvergiftung hätte. Sie hatte dabei kalt gelächelt, und Rupert war kreidebleich geworden. Nach vier Tagen wurde der Verband gegen ein Pflaster ausgetauscht, und nach weiteren zwei Wochen war kaum noch etwas zu sehen. Eine winzige helle Narbe war an der Daumenwurzel zurückgeblieben.

Nun hatte er innerhalb von zwei Tagen ein Verhältnis mit einer erotischen Madonna, hatte einen Raub hinter sich und war dabei, einen Mordauftrag zu erledigen. Jetzt, als er das Biondi betrat, war er Rupert, der Killer, der dem Kellner zuschnalzte und zwei Finger in die Höhe hielt. Er mochte seine Rolle. Zwei Grappa!

Der Milaner saß an seinem gewohnten Platz. Er hielt sich nicht lange mit Entschuldigungen auf. Es war eine rauhe Welt, und eine Geschäftsbeziehung wie diese war manchmal getrübt, aber so war der Lauf der Dinge.

»Schon mal was von 'ner chinesischen Triade gehört?«

Rupert schüttelte den Kopf. »So was wie Mikado?« riet er.

Der Milaner stöhnte auf, beugte sich über den Tisch und hielt Rupert ganz professoral einen Vortrag. Rupert mochte alles über die Abgründe Shakespeare'scher Helden wissen, doch der Milaner wußte alles über die chinesische Mafia und ihre Organisationsstrukturen, über die verschiedenen Dynastien und Familien, über Erbfolgen und Kriege, und Rupert hatte den Eindruck, daß er das alles so ähnlich schon bei Shakespeare gelesen habe.

»Der Junge, den du ausgeräumt hast, ist sauer. Heißt Chung Li und macht mit gefälschten Dior-Taschen und Chanel-Tüchern und so 'm Krempel seinen Schnitt. Er gehört zwar zur Ong-Familie, aber eigentlich isser nur 'n kleiner Fisch. 'n Fußsoldat, der Remmidemmi macht. Selbst die Chinesen wären dankbar, wenn man den wegmachen würde. Keiner ist an einem Familienkrieg zwischen den Rossis und den Ongs interessiert.«

»Was war in dem braunen Paket?« wollte Rupert wissen.

»'n paar getürkte Taschen«, sagte der Milaner leichthin.

In Rupert keimte plötzlich ein Verdacht. »Und was war in den Taschen?«

»'s besser für dich, wenn du's gar nicht erst weißt«, meinte der Milaner und grinste.

»Also, zur Sache. Übermorgen abend, am Donnerstag, hat er seinen Saunatag. Er geht stets in den gleichen Puff, unten an der Hester Street. Und er kommt immer an dem kleinen Spielplatz an der Ecke vorbei. Um diese Zeit ist da keine Sau. Du setzt dich einfach hintern Busch, und dann machste ihn weg. Damit.« Rupert fühlte, wie er unter dem

Tisch mit einem harten, kantigen Gegenstand angestoßen wurde.

»Mit dem Ding«, meinte der Milaner, »mußte noch nicht mal genau zielen. Der ist so scharf wie 'ne Nutte. Kannst 'n Elefanten damit wegpusten.«

Rupert griff nach der Magnum und schob sie sich in den Gürtel. Ihm war nun alles egal. Er war in ein völlig neues Stück geraten, und er wollte es so gut wie möglich spielen. Das hier war das wirkliche Leben – Shakespeare mußte eine Weile warten.

Er lehnte sich nun ebenfalls nach vorne und sah den Milaner lange und ruhig an. »Wenn du am Tag danach noch in der Stadt bist, leg ich dich um.«

Die Augen des Milaners blitzten überrascht auf. Dann hatte er sich wieder gefaßt. »Keine Bange, Professor. Ich bin weg, als ob's mich nie gegeben hätte.«

Rupert erhob sich. »Ich meine es ernst, Milaner«, sagte er, und dann ging er hinaus und ließ den Gangster mit der Rechnung sitzen.

Draußen trat er dem parkenden Testarossa vor den rechten Hinterreifen und knurrte: »Und dich will ich dann auch nicht mehr sehen.«

Am nächsten Morgen rief Rupert in der Schule an und meldete sich krank. Ihm war wirklich schlecht, und die Stimme von Schwester Oberin klang besorgt. »Sie sollten sofort zum Arzt gehen«, meinte sie. »Es gibt zur Zeit wieder diesen asiatischen Grippevirus, der kann tödlich sein.« Wie recht sie hatte!

»Ich komm schon wieder hoch, Schwester«, sagte Rupert, und sein Blick fiel auf den Magnum-Revolver, der schwer und schwarz und häßlich neben dem Telefon lag. »Ich hab mir schon ein Mittel besorgt.«

Dann legte er sich wieder aufs Bett. Nebenan sang Stankar in Verdis *Stiffelio* davon, wie er Raffaele, den Verführer seiner Tochter, umbringen werde. Tschernoff sang den Stankar, ein umwerfender Bariton. Die Russen sind schwer im Kommen, dachte Rupert.

Er hatte sich die ganze Nacht herumgewälzt und keinen Schlaf gefunden. Weder der Ginseng des Chinesen noch Verdi halfen. In der Frühe war er dann eingedämmert. Er träumte, daß er mit Mariella im Bett lag und daß ihre Beine und Arme sich plötzlich in lange, biegsame Wurzeln verwandelt hätten, die ihn langsam erdrosselten. Als er sich endlich befreit hatte und aus dem Zimmer rannte, sah er vor dem Fenster das mondgroße Gesicht der Schwester Oberin. Sie hielt die Magnum in der Hand, zielte auf ihn und rief: »Der Lehrkörper hat gewisse Verpflichtungen, Herr Lubowitz.« Als sie abdrückte, war er aufgewacht.

Einen Mord sollte er begehen! Er hatte Mord hundertfach genossen, in Shakespeares Dramen, in Verdis Opern, und war bei seinen sporadischen Filmengagements selber des öfteren umgebracht worden. Stets hatte er eine gewisse Zuneigung zu Mördern gespürt. Richard III. war um so viel interessanter als Henry IV. Aber ein Mord im wirklichen Leben war etwas anderes. Im wirklichen Leben?

Was war das wirkliche Leben? Mit seinem gewohnten Leben, das Rupert unter dem Handelsnamen »wirklich« kennengelernt hatte, hatte das alles hier nicht das geringste zu tun. »Totus mundus agit histrionem« stand auf dem

Globe Theatre in London, und der alte William hatte den Spruch in seine Komödie »Wie es euch gefällt« eingebaut: »Die Welt ist eine Bühne, und Männer und Frauen sind nur Spieler.« Ihm war immer noch unklar, wie er an seine Rolle gekommen war und wie das Stück hieß, das nun aufgeführt wurde. Es war ein Traum. Ein Alptraum. Vielleicht war Mord wirklich nur der nächste logische Schritt? Träume haben schließlich ihre eigene überzeugende Logik. Er wußte nicht, ob er am nächsten Abend wirklich nach Chinatown fahren würde. Er wußte nur, daß sein Leben ruiniert war, wenn er nicht fuhr.

Am späten Vormittag kleidete er sich an und machte sich auf zum Plattenladen an der Met, um sich zu zerstreuen. Die Sonne schien, und das New-York-Café auf dem Broadway hatte die Tische nach draußen verlagert.

Rupert ließ sich mit dem Fluß der Passanten treiben, der sich vor einem bettelnden Obdachlosen gelassen und desinteressiert teilte, um dahinter wieder zusammenzuströmen, und plötzlich sah er den roten Testarossa.

Gianni hockte auf der Kühlerhaube und las ein italienisches Sportmagazin. Rupert wollte schon auf ihn zulaufen und ihn fragen, was er hier mache, doch irgend etwas hielt ihn zurück.

Gianni wirkte nicht wie jemand, der seine Koffer packte und seinen Abgang vorbereitete. Im Gegenteil, er hockte dort auf seinem roten Flitzer und las die italienischen Fußball-Liga-Tabellen und schien alle Zeit der Welt zu haben. Einer plötzlichen Eingebung folgend, kaufte sich Rupert am Kiosk eine *New York Times* und setzte sich an einen der freien Tische des Cafés.

Er saß an eine Säule gelehnt, die die Grenze zur Straßenfront markierte, und beobachtete über den Zeitungsrand hinweg den ebenfalls Zeitung lesenden Gianni.

Er mußte nicht lange warten. Nach zehn Minuten erschien Mariella. MARIELLA! Sie trug eine schwarze Stretchhose und hatte eine Rüschenbluse mit tiefem Ausschnitt auf dem Bauch verknotet. Gianni ließ die Zeitung sinken, sie küßten sich und gingen untergehakt und lachend ins Café. Rupert rutschte tiefer. Das Blut hämmerte ihm in den Schläfen. Mein Gott, dachte er, laß sie nicht an diesen Tisch kommen. Er dankte den weisen Gründervätern der *New York Times,* daß sie sich für ihr Blatt zu diesem Riesenformat entschlossen hatten.

Sie steuerten auf Rupert zu, der sich hinter seiner Zeitung verkroch, um am Nebentisch Platz zu nehmen. Mit dem Rücken zu ihm quälten sie sich auf ihre Stühle.

»Die Knalltüte hat heute blaugemacht«, hörte Rupert hinter seiner Zeitung Mariella zwitschern. »Der hat offenbar die Hosen gestrichen voll. 'ch glaub, der bringt das nich.«

»Täusch dich nich«, sagte Gianni, »der Kerl hat mehr Mumm, als man ihm ansieht.«

»Auf alle Fälle isser 'ne Kröte im Bett«, sagte Mariella, »'ne ziemlich ausgehungerte Kröte.« Sie lachte. »Ich werd 'n noch mal unter die Fittiche nehmen. Damit er nich schlappmacht. ›Liebe versetzt Berge‹, sachter immer.«

Ruperts Übelkeit hatte sich ein wenig gelegt. Im ersten Moment war ihm, als hätte ihm ein Bagger die Schaufel in den Magen gerammt. Dann hörte er nichts mehr außer Mariellas Lachen, das ihm nun wie das einer kreischenden

Krähe vorkam. Doch dann hatte sich sein Puls beruhigt, und jetzt spürte er nur noch einen kalten, metallischen Geschmack im Mund. Er erhob sich leise, zahlte seine Rechnung bei der Kassiererin an der Theke und nahm den unteren Ausgang, der sich zwanzig Meter weiter befand.

Am nächsten Tag war Mariella wieder ganz die hingebungsvolle Schülerin, die ihrem Professor die Worte vom Mund zu pflücken schien, um sie verliebt und lächelnd zu dem großen Bukett ihrer Anbetung zusammenzustecken. Rupert lächelte kaltschnäuzig zurück. Er ließ seine Schüler den dritten Akt des Richard-Dramas lesen, das heißt diejenigen, die lesen konnten.

Der Ringer hinter Mariella las den Richard. Er kämpfte sich mit dem Finger im Textbuch von Wort zu Wort, sein Bizeps spielte, und auf seiner Stirn bildeten sich Schweißperlen.

Mariella gab die Königin Elisabeth: »So wer 'ch, dassei Ihn'n zugestandn Sire, die Treue, die Ihr mir gezeicht, mit größrer Dankbarkeit vergeltn.«

Alles krümmte sich in Rupert, als er hörte, was Mariella mit seinem Gott Shakespeare anstellte. Aber er hielt still und hielt durch. Kaltblütigkeit – das zumindest hatte er von Richard gelernt – ist die Grundlage eines erfolgreichen Plans.

Er ließ sich auch nichts anmerken, als Mariella, wie gewöhnlich, nach Unterrichtsschluß auf ihn zuschlängelte. Ja, er schaffte es sogar, eine Spur der alten Lüsternheit in seine Stimme zu zaubern, als er sich mit ihr in seinem Apartment verabredete. Er bewunderte sich. Er war Hamlet, der sich mit einem Schauspiel rächen würde. Und die ganze Schauspielertruppe, die er verpflichtet hatte, bestand aus einem einzigen: ihm.

Vor seinem Apartment angekommen, begrüßte er Mariella und stieg hinter ihr die Treppe hinauf, wobei er zum letzten Mal den Tanz ihres Hinterns bewunderte, der heute in türkisfarbenen Shorts steckte. Er entkorkte den Wein und goß Mariella ein. Dann legte er wieder einmal *Die Macht des Schicksals* auf.

»Heute abend isses soweit«, sagte Mariella, »dann sind wer die Schnecke von Gianni endgültig los. Du knallst diesen Chung Li ab, und Gianni wird sich nich mehr blicken lassen.«

»Zunächst mal wird heute abend die Welt um einen Chinesen ärmer«, sagte Rupert bitter. »Es gibt zwar viele davon, aber ich persönlich hatte nie damit Probleme.«

Dann griff er nach Mariella und genoß zum letzten Mal die Glut eines Mädchens, das dabei war, ihn zu ruinieren, aber offenbar vergessen hatte, ihrem Körper davon zu erzählen. Ihre Haut war weich und nachgiebig, ihr Körper war leidenschaftlich, und jeder Zentimeter schien unschuldig zu genießen. Zwar war Rupert ein wenig zerstreut, aber Mariella hätte auch einen Eunuchen ans Ziel gebracht.

Nachdem sie eine Weile erschöpft nebeneinander gelegen hatten und Rupert Ordnung in seine Gedanken gebracht hatte, richtete er sich auf.

»Hat's denn gestern mit Gianni auch so'n Spaß gemacht?«

Mariellas Blick wurde schmal.

»Was meinst 'n damit?«

»Deinen Milaner meine ich. Ich habe euch gesehen. Gestern. Und ich hatte nicht gerade den Eindruck, daß er dich tyrannisiert. Wer hat sich die Sache eigentlich einfallen lassen? Du oder er?«

Mariella stand langsam auf. Rupert griff sie am Handgelenk und zog sie brutal zurück aufs Bett.

»Nimm deine Pfoten weg, du ekliger Scheißkerl!« brüllte Mariella. Doch Ruperts Griff war wie ein Schraubstock.

»Wieso eigentlich diesen Chinesen?« setzte Rupert nach. Mariella zischte verächtlich. »Dieser Chung hat 'n Markt, den Gianni gerne hätte«, sagte sie. »Er selber kann ihn nicht umlegen. Die ham ihn sowieso auf'm Kieker, die Gelben.«

»Aber ich kann es, oder was?«

»Klar, auf so 'ne Niete wie dich kommt doch kein Mensch.« Mariella lächelte stolz über ihre Idee. »Hast dich übrigens nicht schlecht angestellt, als du den Stoff da rausgeholt hast.«

»Du meinst, den braunen Karton?« Mariella grinste.

Dann wurde sie schnippisch. »Meinste, mir hat es Spaß gemacht, mit so 'ner Quappe wie dir ins Bett zu steigen? Aber was du da erzählt hast, von dem Richard, wie er andere die Drecksarbeit machen läßt, das fand ich richtig gut.«

Sie lächelte böse. »Als mein Anwalt vor Gericht erzählte, ich wolle zur Schule gehen, dachte ich, der hat 'n Knall. Aber immerhin hat er mir damit Bewährung rausgeholt. Und jetzt muß ich sagen: Wer zur Schule geht, lernt fürs Leben.« Wieder änderte sich ihr Tonfall. Sie drohte. »Und komm ja nicht auf die Idee, jetzt Zicken zu machen.

Was meinste, was die Chinesen mit dir anstellen, wenn se rauskriegen, wer ihr Heroin geklaut hat?«

»Heroin?« Rupert stöhnte auf. »Und wer hat das Zeug da hingelegt?«

»Einer vom Chinesen«, sagte Mariella, »der wollte auf Giannis Seite. Hat 'n Zeichen seiner Ergebenheit hinterlassen.« Sie lachte.

Als sie diesmal aufstand, hielt Rupert sie nicht zurück. Sie zog sich an. »Vergiß nicht. Heute abend am Spielplatz. Wenn du nicht kommst, kannste dich gleich einsargen lassen.« Sie beugte sich zu ihm runter. »Und deine Schule kannste auch vergessen. Ich mein, wer beschäftigt schon 'n Lehrer, dem se die Beine abgeschnitten haben?« Sie lachte und ging zur Tür. Dann drehte sie sich noch einmal um: »Ciao«, hauchte sie in seine Richtung in gespielter Hingabe. »Seh dich morgen in der Schule, Professor.«

Das war das letzte, was Rupert Lubowitz von Mariella, seiner ehemaligen Lieblingsschülerin, sah.

Als er am nächsten Morgen vor seiner Klasse stand, war Mariellas Platz leer. Während er seine Schüler den Schlußakt des Dramas lesen ließ, saß er hinter seinem Pult, die Arme verschränkt, und träumte zum Fenster hinaus.

Kaum war Mariella am Tag zuvor aus seinem Apartment verschwunden, hatte Rupert eine Tasche zusammengepackt und war nach Chinatown gefahren. Wang Bang hatte ihm die Adresse gegeben. Er stieg am unteren Broadway aus, betrat ein Gebäude, das voller billiger, kleiner Ramschläden war, in denen es Plastikperlen, herabgesetzte Anzüge und Ginseng zu kaufen gab. Er betrat eine Rolltreppe, die ihn in ein großes Restaurant brachte, eine Riesenhalle mit roten Seidentapeten und goldenen Drachen an den Wänden und Tischen für Familienfeiern.

An diesem Nachmittag hingen nur ein paar Kellner herum. Einige Serviererinnen fuhren die kaum besetzten Tische mit ihren Dim-Sum-Wagen ab, auf denen Dumplings in kleinen Bastkörben warm gehalten wurden. In einer Nische neben dem Podium, auf dem abends eine Tanzkapelle spielte, saß ein alter Chinese, umgeben von fünf jungen Adjutanten in konservativen dunklen Anzügen.

»Sind Sie Benny Ong?« fragte Rupert. Der Alte nickte müde. Wahrscheinlich war er traurig darüber, daß er so ähnlich hieß wie alle anderen Chinesen, aber er schien sich damit abgefunden zu haben. Rupert hob das Bandgerät aus der Tasche, das ihm Kleiber mitsamt den kleinen Raummikrofonen besorgt hatte.

Rupert hatte seine Freunde aus alten Tagen zusammengetrommelt, nachdem er Mariella und den Milaner im Café am Broadway belauscht hatte. Carlos zitierte Ho Chi Minh und Kleiber Che Guevara, und sie waren sich einig darüber, daß Rupert seinen Krieg delegieren müsse. »Such dir den mächtigsten Feind deines Feindes, und verbünde dich mit ihm«, riet Carlos. Dann besprachen sie die Einzelheiten.

Rupert drückte auf den Startknopf. Wie ein Hörspiel lief sein letztes Tête-à-tête mit Mariella ab. Alles, der ganze teuflische Plan, mit dem Gianni und Mariella die Ong-Familie aufs Kreuz legen wollten, war deutlich zu verstehen.

Als das Band abgelaufen war, hatte der Alte nur eine einzige Frage: »Wer singt da im Hintergrund den Alvaro?«

»Di Stefano«, sagte Rupert. »Ist eine Live-Aufnahme aus der Met. James Levine dirigiert. Sony hat das jetzt als CD herausgebracht.«

»Schreib das auf«, sagte der Alte zu seinem Adjutanten.

Am Abend war er dann zur Hester Street gefahren, mit einem Revolver, den ihm der Chinese gegeben hatte. Chung war prompt am Spielplatz aufgetaucht, und als Rupert seine Platzpatronen abgefeuert hatte, hatte sich Chung theatralisch aufs Pflaster fallen lassen. Mariella und Gianni, die er in einem japanischen Kleinwagen vermutete, der an der nächsten Querstraße parkte, waren auf diese Entfernung todsicher getäuscht worden.

Das Schrillen der Schulglocke riß Rupert aus seinen Träumen. Nachdem die Büffelhorde davongerast war, packte er seine Bücher in die braune Tasche und verließ das Klassenzimmer. Draußen begegnete er Schwester Ursula.

»Das ist aber schön, Mr. Lubowitz, daß Sie wieder auf den Beinen sind«, sagte die Oberin. »Übernehmen Sie sich nur nicht.«

Rupert hätte sie küssen können. Sie klang wie ein Mensch. Ihre Anteilnahme war echt. Richtig reizend.

»Danke, Schwester«, sagte Rupert vergnügt. »Ach, eh ich's vergesse. Ich wollte im nächsten Semester ›Romeo und Julia‹ besprechen. Gibt es da von seiten der Kirche irgendwelche sittlichen Einwände?«

Die Oberin lachte. »Solange das Verhältnis zwischen Lehrer und Schüler dabei untadelig bleibt, können Sie machen, was Sie wollen.« Sie legte eine Pause ein. Dann sagte sie herzlich: »Ich bin froh, daß wir Sie bei uns haben. Sie sind ein guter Lehrer, Mr. Lubowitz.«

Rupert strahlte. »Ich bin gerne Lehrer«, sagte er.

Auf dem Weg zu seinem Apartment kaufte er sich die Mittagsausgabe der *New York Post*. Bei Wang erstand er seinen Tee und Reis mit Huhn, ging hinauf, stellte die Tüte ab, warf den Plattenspieler an und aß. Er genoß die Stimme der Callas, die die Norma sang, und er genoß vor allem, daß niemand sie störte.

Dann setzte er sich an seinen Schreibtisch, warf den Computer an und schlug die Zeitung auf. Er entdeckte die Meldung im Lokalteil. »Zwei bis zur Unkenntlichkeit verbrannte Leichen wurden gestern nacht auf dem Long Island Expressway aus dem Wrack eines Ferrari Testarossa geborgen. Offenbar war der Wagen mit überhöhter Geschwindigkeit aus der Spur geraten. Zweckdienliche Hinweise…«

Rupert nahm seine Arbeit wieder auf.

»Bis heute«, tippte er in seinen Computer, »bleibt ungeklärt, wer Marlowe den Dolch ins Gehirn getrieben hat. Es gibt eine Reihe von Spekulationen. Literarische Rivalen werden angeführt, ein Schuldeneintreiber, ein bezahlter Mörder der politischen Gegenpartei. Eine Hypothese besagt, daß der Dolch von einer Frauenhand geführt wurde. Im nachfolgenden werde ich darlegen, warum ich diese Hypothese für die wahrscheinlichste halte…«

Rupert und das weiße Mädchen

Es hatte geschneit, zum ersten Mal in diesem Jahr. Unter einem grauen, schweren Himmel schimmerte weiß der Schnee und veränderte das Licht in der Stadt – es war, als wäre sie von unten beleuchtet. Rupert stapfte durch den Central Park, an der großen Liegewiese vorbei, die ihm vorkam wie ein See aus Milch. Über den weißen Rippen der Bäume an der Südseite wuchteten sich die Hausmassive in den Himmel wie ferne Gebirge. Alles war stiller, verträumter, geheimnisvoller.

In der Betonmuschel an der Dichter-Allee drehte ein kleiner Junge seine Kreise. Er hielt einen Zweig in der Hand, an dem drei welke Blätter hingen, und strich damit sanft an der Rückwand der Konzertbühne entlang. Es sah aus, als segnete er sie für eine imaginäre Aufführung ein, vielleicht für die des eigenen Lebens.

Rupert dachte an seine eigene Kindheit, während er dem Jungen zuschaute. An seine Heldenträume. Wie er in Rockaway an der Uferböschung lag und die Dankesrede zur Oscar-Verleihung übte. Was wohl aus Sneaky und Pete geworden war?

Von Mary Sandborne hatte er nun längere Zeit nichts gehört. Er vermißte sie, besonders an Tagen wie diesem – sie hätte die Feierlichkeit, die er beim Blick auf die winterliche, unberührte Parklandschaft empfand, genau verstanden. Immer wieder hatten sich ihre Wege gekreuzt, aber nie hatte sie lange genug innegehalten, um ihm die Chance zu geben, ihr einen Heiratsantrag zu machen oder sie wenigstens einmal ins Kino mitzunehmen.

Er war im Laufe der Jahre zur festen Überzeugung gekommen, daß sie für ihn bestimmt gewesen war – nun war es wohl zu spät dafür. Er hatte sich damit abgefunden. Der Platz, den er in seinem Herzen für sie freigehalten hatte, war mittlerweile ummauert und mit einer Gedenkplakette versehen. Ab und zu stellte er Blumen davor.

Sonst war er mit seinem Leben zufrieden. Er hatte jetzt eine feste Anstellung an der New York University und übte dort gerade mit ein paar untalentierten Studenten den »Sommernachtstraum« ein. Sein Puck war ein verwöhnter indischer Student, dessen Eltern eine Nähmaschinenfabrik in Bombay besaßen und als großzügige Spender nicht düpiert werden durften. Bei ihrem Sohn klang Shakespeare, als ratterte er Vorhangsäume in den Text.

Sein Triumph über die Mafia hatte Rupert verändert. Zum ersten Mal in seinem Leben hatte er sich gewehrt, und er hatte Erfolg damit gehabt. Er hatte sich buchstäblich aufgerichtet, und sein neuer Mut beflügelte ihn.

Einige Wochen nach den Ereignissen um Mariella hatte er in der Schule gekündigt und einen Monolog geschrieben: über Rockaway und das Loft in den Siebzigern, über Carlos und Trudel und Pupkin. Unter Carlos' Regie führte er ihn im Theater an der 16. Straße auf. Die Sponsoren der Unternehmung, einige Geschäftsleute aus Chinatown, zogen es vor, nicht in den Programmbüchern genannt zu werden. Titel des Stücks: »Ein Heldenleben.« Es war ein beträchtlicher Erfolg.

Gleichzeitig war seine Untersuchung über Christopher Marlowe erschienen, die in akademischen Kreisen heftige Debatten ausgelöst hatte. Daß der Dichter durch Frauenhand gestorben sein sollte, war schon aufregend genug. Doch es war das Porträt der skrupellosen Mörderin (die unverkennbar Mariellas Züge trug), das die Rezensenten in seiner Sinnlichkeit beeindruckte oder das sie in seiner »Misogynie« – so die *New York Times* – als »abstoßend« empfanden.

Immerhin hatte er damit genug Staub aufgewirbelt, um die Findungskommission der New York University auf sich aufmerksam zu machen, die nach einem neuen Leiter für die Dramenklasse suchte.

Mit dem Professorenjob hatte Rupert im bürgerlichen Leben dauerhaft Fuß gefaßt. Er war in der Lage, sich ein schönes Loft zu mieten, das den Blick freigab über die Dachgärten hinüber zum East River und, wenn er sich aus dem Fenster lehnte, auf das World Trade Center.

Wie so oft war Rupert auch an diesem Vormittag auf dem Weg zum Metropolitan Museum. Obwohl er mittlerweile hinunter nach SoHo gezogen war, fuhr er an arbeitsfreien Tagen regelmäßig in seine alte Nachbarschaft auf der Upper West Side, um sich den letzten Tratsch aus Peking von Wang Bang anzuhören und anschließend durch den Park zu spazieren, hinüber zum Museum. Dort, in der zweiten Galerie, rechts von der Haupttreppe, wartete stets Mademoiselle d'Ognes auf ihn, das Mädchen in Weiß, Onkel Pupkins große Liebe. Sie erinnerte ihn an Mary Sandborne. Wenn er ehrlich war, ging er sie nur deswegen besuchen.

Langsam stapfte er die zugeschneite Treppe zum Engelsbrunnen hinab, und jeder dumpfe Schritt schien ihm an diesem Vormittag bedeutsam, wie die Anfangstakte einer Beethoven-Sinfonie. Auf den Flügeln der Bronzefigur sah er ein Spalier von Tauben sitzen, so starr und still, als würden sie darauf warten, daß ihnen der Engel sein Geheimnis verriet. Doch der schaute nur gütig. Irgendwann gaben es zwei der Tauben auf und segelten über den zugefrorenen See zum Bootshaus. Dort ließen sie sich auf der Spitze der schwarzen Gondel nieder, die vor den Planken vertäut war. Rupert spürte sein Blut pochen und den inneren Maschinenraum pumpen. Irgend etwas stand bevor, irgend etwas lag in der Luft.

Der Betrieb im Museum hielt sich in Grenzen. In der riesigen Eingangshalle, deren Kuppeln von korinthischen Säulen getragen wurden, verloren sich Gruppen von unschlüssigen Besuchern, die sich über Reiseführer und Ausstellungskataloge beugten. Ihre Stimmen verschmolzen zu einem einzigen Hall, einem Gemeinschaftsgemurmel, das keiner bekannten Sprache mehr zugehörig war.

Vor der Audiothek mit den Kassettengeräten standen ein paar Touristen in Adidas-Jacken, die die Farben der deutschen Fußballnationalmannschaft trugen. Rupert hatte von seinem Vater ein paar Brocken Deutsch behalten und verstand daher, daß sie darüber diskutierten, ob sie sich eine Führung leisten sollten. Dafür sprach der Wunsch nach Systematik und Belehrung. Dagegen standen die Mietgebühr von fünf Dollar und die Tatsache, daß sie kein Englisch sprachen.

Rupert ging durch die Halle gemächlich zum Hauptaufgang. An den Seiten der Treppe waren Tafeln mit den Namen der Stifter eingelassen, römische Jahreszahlen und Lettern in schweren Platten, die davon kündeten, daß die Vanderbilts und andere Industriekapitäne hier ihr Geld veredelt hatten. Kunst wird durch Gaunereien finanziert, dachte sich Rupert, das war schon seit dem Bau der Pyramiden so. Er wußte es spätestens seit seinem eigenen Theaterabend, und er fand es völlig in Ordnung.

Langsam stieg er die Treppe hinauf. Oben angekommen, verschnaufte er. Dann wandte er sich nach rechts und ging in den Vorraum zur Franzosenabteilung. Vor den beiden Tiepolos, die neben den Durchgängen hingen, fühlte er sich stets unwohl. Es handelte sich um meterhohe Schlachtengemälde mit stürzenden Rössern und schwankenden Fahnen und Knäueln von nackten Armen und Beinen, die ihn in ihrem Heroismus daran erinnerten, daß er nur einen Meter fünfundsechzig groß war, eine Stirnglatze hatte und schnell außer Atem geriet.

In der zweiten Galerie war es leer. Nur undeutlich drangen das Klacken von Schritten, das gelegentliche Quietschen von Gummisohlen und das Echo von Stimmen herein, ferner, körperloser Hall, Geistergeräusche. An der Stirnseite des taubengrauen Saals, in einem von weißen Pfosten gerahmten, zugemauerten Durchbruch, hing das Bild. Mademoiselle d'Ognes hatte den gewohnten erwartungsvollen Ausdruck. Ihr Gesicht lag im Schatten, ihre blonden Schläfenlöckchen leuchteten im Gegenlicht.

Rupert setzte sich auf eine der beiden Bänke, die in der Mitte des Raumes standen. Von hier aus, von weitem, sah das Mädchen in Weiß aus, als sei es im Begriff, die Zei-

chenmappe aus der Hand zu legen und aufzustehen. Wie
eine, die erreicht hatte, was sie wollte, die fertig war, am
Ziel.

Warum wohl die Fensterscheibe in ihrem Rücken zer-
brochen war? Was suchten die beiden Liebesleute im Hintergrund, die vom Schloßgraben herüberschauten? Vielleicht lag es an der Stille, die von der murmelnden
Besucherbrandung aus der Haupthalle nur fern und sacht
berührt wurde, vielleicht an dem fahlen Deckenlicht, aber
plötzlich mußte Rupert an Pupkin denken und an die Eremitage in jenem Winter, als die Deutschen Leningrad be-
lagerten.

Er hörte Trudels Stimme, die ihm von den düsteren Hal-
len mit den leeren Bilderrahmen erzählte, vom Leuchten
des Schnees in den Fenstern, von Pupkins Hunger, seinem
Wahnsinn, seinen Farbräuschen, und schließlich vom
Mantel, der vor dem leeren Bilderrahmen in der französischen Abteilung gefunden worden war. Was wohl aus Pupkin, dem Träumer, geworden war?

Mademoiselle d'Ognes sah aus, als lächele sie unmerk-
lich. Und dann war Rupert, als neigte sie ihren Skizzenblock. Bildete er sich das nur ein, oder tauchte links von
ihr, aus einer verborgenen Ecke des Raumes, ein Schatten
auf? War da eine Männermanschette? Pupkin? Rupert atmete heftiger. Das Brausen in seinen Ohren nahm zu.

Plötzlich hörte er ein Rascheln ganz in der Nähe, so, als
ob ein schwerer Taftrock glattgestrichen würde. Ein Seuf-
zen. Rupert wandte den Kopf. Auf dem Gemälde, das vor
ihm hing, nahm er eine Bewegung wahr. Das Bild von
Jacques-Louis David zeigte den Erfinder Lavoisier mit sei-

ner Frau. Lavoisier zog gerade sein ausgestrecktes Bein zurück, das in einer Bundhose unter der schweren Tischdecke hervorgeschaut hatte, und massierte es. Durch die Bewegung war der Glaskolben, der zu seinen Füßen lag, ins Rollen gekommen. Seine Frau Marie-Anne, die hinter ihm stand, räkelte sich.

Noch ehe sich Rupert von seiner Verwunderung erholt hatte, hörte er Getuschel und Gewisper in seinem Rücken und wandte sich um. Auf einem Breitwandgemälde von Carle Vernet, das den »Triumph des Aemilius Paullus« über die Perser darstellte, waren die Gefangenen damit beschäftigt, die Ketten abzulegen und sich in Gruppen zu dritt oder viert auf den Boden zu setzen. Einige saßen um ein Feuer herum, und im Widerschein der Flammen machte Rupert zwei Gesichter aus, die ihm bekannt vorkamen. »Carlos!« rief er. »Kleiber!?«

Die beiden schauten auf und winkten. Sie schienen überhaupt nicht überrascht. Dann wandten sie sich wieder den anderen zu, und Rupert verstand nur Brocken wie »Schichtwechsel« und »langsam mal abtreten« und »jetzt sind die Jüngeren dran«.

»Rupert!« Er zuckte zusammen. Er kannte die Stimme. Sie kam aus einer Ecke, in der drei Bürgerporträts von Greuze hingen.

»Was machst du nur aus deinem Leben?« fragte seine Mutter.

»Ich warte«, stotterte er.

»Du meinst, du trödelst«, sagte die Mutter streng. »Werd endlich mal erwachsen. Such dir eine Frau. Heirate wiehießsienochgleich Mary Sandborne, pflanz dich fort, arbeite und tritt in Würde ab. Das ist das Leben. Durchhalten! Das ist das wahre Heldentum. Das hat eure Generation nie begriffen. Alles andere sind Kinkerlitzchen.«

Das Licht hatte sich verändert. Der Raum erstrahlte plötzlich, und überall auf den Bildern wurden nun Stimmen laut. Gefrorene Posen, bedeutsame Blicke, edle Erstarrungen wurden aufgegeben. Eine glückliche, beschwingte Entspannung erfüllte den Saal. Überall gab es Geräusche der Lockerung.

Duplessis' Benjamin Franklin bewegte seinen zahnlosen Kiefer vor und zurück, zupfte seinen Pelzkragen zurecht und strich sich nicht ohne Stolz durch seine schütteren Haare – damals, 1776 in Frankreich, hatte er Aufsehen erregt, weil er ohne Perücke herumgelaufen war.

Er murmelte vor sich hin und schaute dabei auf Toulon d'Ecoutier ihm gegenüber, der gerade eine Hand, die die Landkarte von Guadeloupe hielt, sinken ließ. D'Ecoutier nahm Franklins Blick auf, öffnete den Mund und schloß ihn wieder. Was sollte er sich mit dem Alten herumzanken. Über die Kolonien würden sie sich nie einig werden.

»Alle Völker haben das Recht auf Selbstbestimmung«, stieß Franklin hervor.

»Aber nicht alle haben das Talent dazu«, erwiderte der französische Adelige. Er klang gelangweilt, als hätten sie dieses Gespräch schon tausendmal geführt.

Talleyrand, der die beiden auf seinem Kolossalgemälde von Pierre-Paul Prud'hon überragte, lächelte fein und schielte hinüber zu den Zeichenschülerinnen im Atelier der Madame Le Brun, die nun ihre Köpfe kichernd vor einer Staffelei zusammensteckten.

Talleyrand seufzte und sah auf Rupert herab. Sein Blick verweilte auf ihm, lange und nachdenklich.

»Fette kleine Krabbe«, näselte er schließlich nachlässig. »Aber das war Napoleon auch. Und der konnte jede Frau haben.«

Rupert lief rot an.

»Es kommt nicht auf jede an, sondern auf die richtige«, erwiderte er und schämte sich im gleichen Moment. Wieso rechtfertigte er sich plötzlich vor Talleyrand?

Talleyrand zuckte zusammen, als hätte er in eine Zitrone gebissen.

»Was?« rief er schneidend, »die richtige? Rindvieh! Alle sind richtig.«

Der Diplomat fuhr sich mit der Zunge über die Lippen und rückte seinen Prunksäbel zurecht. Rupert fand ihn entsetzlich.

Hilfesuchend sah er zum Mädchen in Weiß hinüber. Sie war die einzige in diesem Saal, die keine Lockerungsübungen nötig hatte. Leicht lächelnd saß sie auf ihrem Stuhl, über dem ein altrosafarbener Stoff lag, und schaute in den Raum, ohne sich an den Gesprächen zu beteiligen.

Talleyrand räusperte sich.

»Manche vergeuden damit ihr ganzes Leben«, meinte er und schürzte seine Lippen. »Solange man noch eines hat, sollte man es nutzen.«

»Für Frauen?« fragte Rupert ungläubig.

»Für was denn sonst?«

»Aber man kämpft doch Schlachten nicht, um Frauen zu erobern? Oder nehmen Sie die Malerei, das Theater, oder Kunst überhaupt. Das macht man doch, um etwas zu hinterlassen. Eine Spur. Letztendlich dreht es sich doch darum. Um Ruhm, oder, was Sie angeht, um den Nachruhm.«

»Ach ja?« Talleyrand wurde spöttisch. »Ich werde Ihnen sagen, was Nachruhm bedeutet. Man hängt in irgendeinem Museum an der Wand und läßt sich mustern wie ein Stück Fleisch. Und zwar auch von Frauen. Von schönen Frauen. Und ich sage Ihnen, mein Herr, es sind pragmatische Blicke, da geht's nicht um Kunstverzückung, sondern ums Leben. Sie schauen einem interessiert zunächst auf die Orden, dann auf die Hose, dann in die Augen, in dieser Reihenfolge, und dann gehen sie händchenhaltend mit irgendeinem arbeitslosen Kunststudenten zum nächsten Bild weiter.«

»Das hier ist nicht irgendein Museum«, sagte Rupert. »Es ist das Metropolitan.« Er ahnte, daß er nicht sehr überzeugend klang.

»Wie heißt sie denn?« fragte Talleyrand.

»Mary«, stotterte Rupert verwirrt.

»Und wie lange warten Sie schon, wenn man mal fragen darf?« Talleyrands Tonfall wurde leutselig, fast anzüglich, und das ärgerte Rupert.

»Mein ganzes Leben«, sagte er.

Er ärgerte sich über seinen Gehorsam. Was gingen Talleyrand seine Geheimnisse an? Noch nicht mal er selber wußte so richtig darüber Bescheid.

Wieder sah er hinüber zu Mademoiselle d'Ognes. Talleyrand bemerkte seinen Blick.

»Lassen Sie die Finger von Idealen«, sagte er beschwörend. »Ideale bringen einen um den Verstand. Sie funktionieren wie ein Spiegeltrick. Sie locken einen rüber auf die andere Seite, und dann ist man verloren.«

Rupert mußte an Onkel Pupkin denken. Erneut wandte er sich dem Gemälde der Mademoiselle d'Ognes zu. In der dunklen Ecke links von ihr nahm er nun schemenhaft ein Männerprofil wahr. Es trug eine Nickelbrille.

Talleyrand wechselte von einem Bein aufs andere.

»Auch so ein Träumer, Ihr Onkel«, sagte er angewidert, »ein hoffnungsloser Fall. Sie verpassen das Leben. Sie suchen in der Kunst nach Antworten, die Ihnen nur das Leben geben kann. Und das Leben haßt die Kunst. Das Leben könnte so schön sein ohne die Kunst.«

Er fingerte an seiner Weste herum. »Die Uniform bringt mich um«, stöhnte er und löste einen Knopf. »Sehen Sie nicht, was die Kunst anrichtet?«

»Laßt mich in Ruhe«, rief Rupert plötzlich. »Alle!«

Schlagartig verstummte das Getuschel. Jeder wandte sich ihm zu. Selbst Sokrates auf dem Bild von David, der mit seinen Jüngern gerade in ein letztes Gespräch vertieft war, verharrte mit erhobenem Zeigefinger. Seine Linke hielt den Schierlingsbecher. Er schaute Rupert erwartungsvoll an.

»Die Sache ist doch die«, meinte Rupert verlegen. »Jeder von euch hat sein Leben, seine Vorstellungen davon. Aber das hier ist meines. Und wie ich es lebe, ist meine Sache, das laß ich mir von ein paar gepinselten Halbgöttern nicht vorschreiben. Auch von dir nicht, Mama!«

Er spürte, daß er verwirrt klang und wenig überzeugend. Er nahm einen neuen Anlauf. »Jeder träumt von Heldentaten. Was mich angeht, ich wollte immer den Oscar haben und einmal vor Millionen auftreten und aus meinem Leben eine goldene Lüge machen, irgendwas Schönes und Geglücktes. Was soll daran falsch sein? Sicher, du wirst älter, und du fällst immer wieder auf die Schnauze, und du merkst, daß du längst nicht so bedeutend bist, wie du es sein möchtest. Aber es dauert eben, bis du dir das eingestehen kannst. Das braucht Zeit. Weil alle anderen um dich herum so tun, als seien sie unsterblich. Die einen sagen, das Leben ist Steineschleppen, die anderen leben mir ihren blödsinnigen Triumphalismus vor. Schaut euch doch an! Gepinselte Feldherren, Geistesriesen, ewige Jugend, erstarrte Weisheit! Jeder muß sich selbst verantworten können, darauf kommt es an.«

Rupert geriet in Fahrt.

»Ich bin schon froh, wenn mir meine nächste Shakespeare-Aufführung glückt und mir der Hausbesitzer die Miete nicht erhöht. Die meisten meiner Schüler haben genausowenig Talent wie ich. Alles, was ich ihnen beibringen kann, ist, genau das für die Dauer einer Aufführung zu vergessen.«

Er räusperte sich.

»Aber dann gibt es Momente, die dich über dein eigenes Leben hinaustragen, und für solche Momente haben wir damals gelebt. Carlos, Kleiber! Ihr seid Zeugen. Sicher, wir waren größenwahnsinnig. Aber wir hatten auch den Mut zur Niederlage. Ohne den gäbe es keine beflügelnden Irrtümer, keine Farben. Siegen kann jeder. Verlieren ist die Kunst. Lebenskunst.«

Für einen Moment war es still. Rupert lauschte seiner eigenen Stimme hinterher, einem vollen, dröhnenden Echo.

»Aber was ist mit Mary!?« fielen plötzlich alle ein, unisono wie ein griechischer Chor. »Mit Mary Sandborne aus Rockaway Beach?«

»Was soll mit ihr sein?« fragte Rupert.

»Rupert?« Es war eine kleine, irdische Stimme, die ihn rief. Er sah sich um. Auf den Gemälden hatten die Figuren in ihre alten Posen zurückgefunden, stumm und erfroren unter dem normalen, gedämpften Deckenlicht der zweiten Galerie.

Vor dem Gemälde der Mademoiselle d'Ognes stand eine Frau in einem langen, weißen Wintermantel. Sie strich ein paar blonde Locken hinters Ohr zurück. Ihr Gesicht war gerötet von der Kälte draußen. Sie schien froh und überrascht und ein wenig verlegen.

»Mary!« sagte Rupert und stand auf.

»Hab ich dich endlich aufgestöbert«, sagte sie.

Rupert schüttelte den Kopf. »So einfach ist das also«, murmelte er vor sich hin. »Man muß nur lange genug Marihuana rauchen und sich benehmen wie ein Idiot – und schon läuft alles wie geschmiert.«

Marys Wangen waren leicht eingefallen, was die Backenknochen und die Nase deutlicher hervortreten ließ. Ihre blonden Locken sahen aus, als seien sie mit weißer Asche bestäubt. Es war, als hätten die Jahre das Wesentliche in ihren Zügen stärker herausmodelliert. Ihr Glanz hatte sich ganz auf die Augen zurückgezogen, wie in einer Explosion, die man sich im Zeitraffer rückwärts anschaut und die endet in einem ersten diamantenen Aufglimmen. Rupert fand sie schöner denn je.

Nun erst sah er, daß sie eine große Zeichenmappe unter dem Arm trug.

»Was ist in der Kladde?«, fragte er sie.

Sie schaute an sich herunter, als sei ihr erst jetzt aufgefallen, was sie da hielt.

»Entwürfe«, sagte sie vage. Dann lächelte sie. »Lauter Entwürfe.«

»Das ist unsere Generation«, meinte Rupert. »Einfach zu viele Möglichkeiten. Wir waren nie gezwungen, ernst zu machen. Hast Du noch ein leeres Blatt?«

Sie nickte.

»Heute abend gibt's ›Tosca‹ in der Met«, sagte Rupert. »Kathleen Battle singt.« Er grinste. »Vielleicht bricht sie sich sogar den Hals bei dem Sturz von der Engelsburg. Wie wär's?«

Mary strahlte. »Ich liebe Verdi«, sagte sie.

Rupert griff nach ihrer Hand und spürte ihren leisen Druck. Dann strebten sie dem Ausgang zu. Kurz vor der Tür blieben sie stehen und warfen, wie in geheimem Einverständnis, einen letzten Blick auf Mademoiselle d'Ognes. Sie schaute ihnen nach und schien über irgend etwas außerordentlich zufrieden zu sein.

Matthias Matussek
im Diogenes Verlag

Showdown
Geschichten aus Amerika
Reportagen

Matusseks Reportagen sind in einer Phase des Umbruchs entstanden: dem Ausklang der Ära Reagan/ Bush und dem ersten Jahr der Präsidentschaft Clintons. Auf den nationalen Erfolgsrausch nach dem Golfkrieg folgte die Katerstimmung angesichts der hausgemachten Probleme: Wirtschaftskrise, Haushaltsdefizit, die Straßenschlachten von Los Angeles. Der Stoff, aus dem der amerikanische Traum ist – zerschlissen ist er und abgetragen; aber diese *Geschichten aus Amerika* machen deutlich, wie sehr sich alles noch auf ihn bezieht. Die Feier des großen Siedlermythos. Der Basketball spielende Ghetto-Junge, der auf die große Karriere hofft. Der Medienmogul, der im »Bilderkrieg« die Kontinente erobert. Ob Cocktailparty oder Obdachlosen-Verlorenheit, ob Fieber des Broadway, Konsumrausch oder das Todesurteil Aids – man hat Amerika, New York, selten intensiver erlebt. Sprachliche Brillanz, Witz und der Blick für das überraschende Detail zeichnen Matussek aus, einprägsam, provozierend.

»›Reportagen sind Liebesaffären und Haßgeschichten. Sie lohnen sich nur dann, wenn außer dem Kopf auch Bauch und Poren beteiligt sind.‹ Unter diesem Credo teilt Matussek Schläge aus, daß es eine Freude ist.«
Michael Freund/Der Standard, Wien

»*Showdown* ist eines jener Bücher, die ich nicht aus der Hand lege, bevor die letzte Zeile gelesen ist.«
Dani Schönemann/Berner Zeitung

»Seine Reportagen sind in Wahrheit gelungene Kurzgeschichten.« *Karolin Kaiser/tip, Berlin*

Fifth Avenue

Zehn Stories und ein Dramolett

Matusseks Debüt als Erzähler. Schauplätze, Schicksale und Tonarten dieser Stories könnten kaum bunter und vielfältiger sein: Da ist die Geschichte von Jim Dole, dem letzten Cayuse, der im Reservat von Green Springs das Vermächtnis seiner Ahnen verwaltet – bis zu dem Tag, an dem er Amok läuft. Oder eine Touristenhochburg in Mexiko, die einer Stewardess fast zum Verhängnis wird. Jungdealer erleben eine dramatische Zeit in einem indischen Gefängnis. Oder das Leben klassenkampfbegeisterter Wohlstandskids in der Bundesrepublik der siebziger Jahre. Ein Dramolett über die deutsche Spaltung in Ost und West – privater Art. Und immer wieder New York, das glitzernde, trostlose, herausfordernde New York. Matussek schreibt metropolitane Literatur, beweglich und elegant, wie man sie bei amerikanischen Autoren so bewundert.

»In seiner elektrisierten Sprache lebt etwas fort vom Leuchten des Broadway an einem Premierenabend. Frech, provokant, brillant.«
Walter Vogl/Die Presse, Wien

»Matthias Matussek ist der beste seiner Generation.«
Harold Brodkey

Martin Suter
im Diogenes Verlag

Small World
Roman

Erst sind es Kleinigkeiten: Konrad Lang, Mitte Sechzig, legt aus Versehen seine Brieftasche in den Kühlschrank. Bald vergißt er den Namen der Frau, die er heiraten will. Je mehr Neugedächtnis ihm die Krankheit – Alzheimer – raubt, desto stärker kommen früheste Erinnerungen auf. Und das beunruhigt eine millionenschwere alte Dame, mit der Konrad seit seiner Kindheit auf die ungewöhnlichste Art verbunden ist.

»Genau recherchiert, sprachlich präzis und raffiniert erzählt. Dramatisch geschickt verflicht Martin Suter eine Krankengeschichte mit einer Kriminalstory. Ein literarisch weit über die Schweiz hinausweisender Roman.« *Michael Bauer/Süddeutsche Zeitung, München*

Die dunkle Seite des Mondes
Roman

Starwirtschaftsanwalt Urs Blank, fünfundvierzig, Fachmann für Fusionsverhandlungen, hat seine Gefühle im Griff. Er hat es gelernt, sich keine Blöße zu geben, hingegen die der anderen zu nutzen. Doch dann gerät sein Leben aus den Fugen. Ein Trip mit halluzinogenen Pilzen führt zu einer gefährlichen Persönlichkeitsveränderung, aus der ihn niemand zurückzuholen vermag. Blank flieht in den Wald. Bis er endlich begreift: Es gibt nur einen Weg, um sich aus diesem Alptraum zu befreien.

»Selten habe ich in letzter Zeit einen Autor gefunden, bei dem ich so intensiv das Gefühl hatte, daß er wimperngenau sagen kann, was er sagen will.« *Annemarie Stoltenberg/Norddeutscher Rundfunk, Hamburg*

John Irving
im Diogenes Verlag

»Ein Autor, dessen gewaltige Romane – keiner hat unter 500 Seiten – vom geschmäcklerischen Intellektuellen bis zur erdigen Hausfrau jeden zu fesseln vermögen: Dieser Griff ins pralle Leben, diese mitreißende Mischung aus Komik und Tragik, skurrilen Einfällen und Menschlichkeit, Mitgefühl und Action, ist mit Besonnenheit und Disziplin ersonnen.«
Evelyn Braun/Basler Zeitung

»Man muß nicht nur *Garp* kennen und wissen, wie ihn der Film sah. Man sollte eigentlich alle Romane des Amerikaners John Irving gelesen haben, um mitreden zu können über das schöne Thema: Wie macht ein Autor seinen Lesern viel Spaß und vermittelt dabei einen guten Happen tieferer Bedeutung?«
Elisabeth Endres/Süddeutsche Zeitung, München

Das Hotel New Hampshire
Roman. Aus dem Amerikanischen
von Hans Hermann

Laßt die Bären los!
Roman. Deutsch von Michael Walter

Eine Mittelgewichts-Ehe
Roman. Deutsch von Nikolaus Stingl

*Gottes Werk und Teufels
Beitrag*
Roman. Deutsch von Thomas Lindquist

*Die wilde Geschichte
vom Wassertrinker*
Roman. Deutsch von Edith Nerke
und Jürgen Bauer

Owen Meany
Roman. Deutsch von Edith Nerke
und Jürgen Bauer

*Rettungsversuch für
Piggy Sneed*
Sechs Erzählungen und ein Essay.
Deutsch von Dirk van Gunsteren

Zirkuskind
Roman. Deutsch von Irene Rumler

Die imaginäre Freundin
Vom Ringen und Schreiben. Deutsch
von Irene Rumler

Witwe für ein Jahr
Roman. Deutsch von Irene Rumler

My Movie Business
Mein Leben, meine Romane, meine
Filme. Mit zahlreichen Fotos aus dem
Film *Gottes Werk und Teufels Beitrag*. Deutsch von Irene Rumler

*Gottes Werk und Teufels
Beitrag*
Drehbuch mit zahlreichen Fotos aus
dem Film. Deutsch von Irene Rumler

Ian McEwan
im Diogenes Verlag

»Ian McEwan ist das, was man so einen geborenen Erzähler nennt. Man liest ihn mit Spannung, mit Genuß, mit Vergnügen, mit Gelächter, man kann sich auf sein neues Buch freuen. McEwans Literatur verwandelt die Qualen der verworrenen Beziehungsgespräche in Unterhaltung, er setzt sie literarisch auf einer Ebene fort, wo man über sie lachen kann. Wie sollte man sich einen zivilisatorischen Fortschritt bei diesem Thema sonst vorstellen?«
Michael Rutschky/Der Spiegel, Hamburg

»Er hat einen eigenwilligen, reinen Stil, der mich manchmal an Borges und García Márquez erinnert.«
The Standard, London

»McEwan ist zweifelsohne eines der brillantesten Talente der neuen angelsächsischen Generation.«
L'Express, Paris

Der Zementgarten
Roman. Aus dem Englischen von Christian Enzensberger

Erste Liebe – letzte Riten
Erzählungen. Deutsch von Harry Rowohlt

Zwischen den Laken
Erzählungen. Deutsch von Michael Walter, Wulf Teichmann und Christian Enzensberger

Der Trost von Fremden
Roman. Deutsch von Michael Walter

Ein Kind zur Zeit
Roman. Deutsch von Otto Bayer

Unschuldige
Eine Berliner Liebesgeschichte
Roman. Deutsch von Hans-Christian Oeser

Schwarze Hunde
Roman. Deutsch von Hans-Christian Oeser

Der Tagträumer
Erzählung. Deutsch von Hans-Christian Oeser

Liebeswahn
Roman. Deutsch von Hans-Christian Oeser

Amsterdam
Roman. Deutsch von Hans-Christian Oeser

Psychopolis
Abschied aus L. A.
Deutsch von Wulf Teichmann

Leon de Winter
im Diogenes Verlag

»Leon de Winter gehört in die Reihe der bedeutenden Gegenwartsautoren wie John Updike, Philip Roth oder Harry Mulisch.«
Ellen Pomikalko / Brigitte, Hamburg

»Ein neuer europäischer Romancier von Rang: Leon de Winter beweist, wie man E und U spielerisch verbindet.« *Abendzeitung, München*

»Leon de Winter hat etwas zu erzählen, und er tut es so gut, daß man nicht genug davon bekommen kann.«
Rolf Brockschmidt / Der Tagesspiegel, Berlin

Hoffmans Hunger
Roman. Aus dem Niederländischen
von Sibylle Mulot

SuperTex
Roman. Deutsch von
Sibylle Mulot

Serenade
Roman. Deutsch von
Hanni Ehlers

Zionoco
Roman. Deutsch von
Hanni Ehlers

Der Himmel von Hollywood
Roman. Deutsch von
Hanni Ehlers

Sokolows Universum
Roman. Deutsch von
Sibylle Mulot

Doris Dörrie
im Diogenes Verlag

»Doris Dörrie ist als Erzählerin Spezialistin in diffizilen Angelegenheiten der kleinen Rache und gezielten Ohrfeigen zum Zwecke der Unterstützung des eigenen Selbstwertgefühles. Sie ist eine sehr gute Kurzgeschichten-Schreiberin mit der erforderlichen Prise Selbstironie und mit stilistischer Eleganz.«
Annemarie Stoltenberg/Die Zeit, Hamburg

»Es ist vollkommen gleichgültig, ob Sie Doris Dörrie in der Badewanne, im Intercity-Großraumwagen, im Lehnstuhl oder in der Straßenbahn lesen, nur: Lesen Sie sie!« *Deutschlandfunk, Köln*

*Liebe, Schmerz und
das ganze verdammte Zeug*
Vier Geschichten

»Was wollen Sie von mir?«
Erzählungen
Mit Fotos von Helge Weindler

Der Mann meiner Träume
Erzählung

Für immer und ewig
Eine Art Reigen

Love in Germany
Deutsche Paare im Gespräch mit Doris Dörrie
Unter Mitarbeit von Volker Wach. Mit 13 Fotos

Bin ich schön?
Erzählungen

Samsara
Erzählungen

Was machen wir jetzt?
Roman

Jakob Arjouni
im Diogenes Verlag

»Ein großer, phantastischer Schriftsteller, der genau
und planvoll und lesbar schreibt.«
Maxim Biller / Tempo, Hamburg

»Seine Virtuosität, sein Humor, sein Gespür für Span-
nung sind ein Lichtblick in der Literatur jenseits des
Rheins, die seit langem in den eisigen Sphären von
Peter Handke gefangen ist.« *Actuel, Paris*

»Seine Texte haben Qualität. Sie sind ambitioniert,
unaufdringlich-provokativ, höchst politisch.«
Barbara Müller-Vahl / General-Anzeiger, Bonn

»Arjouni weiß als Dramatiker genauso wie als Krimi-
autor, wie er Spannung erzielt, ohne platt zu wirken.«
Christian Peiseler / Rheinische Post, Düsseldorf

Magic Hoffmann
Ein Roman

Edelmanns Tochter
Theaterstück

Ein Freund
Geschichten

Die Kayankaya-Romane:

Happy birthday, Türke!
Ein Kayankaya-Roman

Mehr Bier
Ein Kayankaya-Roman

Ein Mann, ein Mord
Ein Kayankaya-Roman